おいしい家族

ふくだももこ

集英社文庫

目次

おいしい家族

おいしい家族

気まずいワイン

約束のビストロに着き、ガラス扉と向かい合った。

美容室に行ってセミロングの髪をゆるく巻き、弾《はじ》けるようなタンジェリンオレンジのIラインワンピースに、新婚旅行のパリで買った深い緑色のスカーフを羽織って、さりげないゴールドのアイシャドウに、いつもより目尻のラインを長く流すように引いた、無表情の私と目が合う。

生成色の革バッグのサイドポケットから、三本の口紅を取り出す。

目が覚めるように鮮やかなピンクは、シャネル480番。

ヌーディなピンクベージュが、春の訪れを囁《ささや》いているようで心が躍るTHREEの新色。

なめらかなつけ心地のシュウ ウエムラのマットリップは発色が良く、ドラマチックな真紅に目を奪われる。アカデミー賞を獲《と》った、ミュージカル映画に主演したハリウッドセレブが愛用しているのを知って購入した。

この三色さえあれば、仕事で大きなミスをした時も、飲みすぎた夜の自分を呪う最悪な朝も、この世の終わりかと思えるほど気分が沈む生理二日目にだって太刀打《たちう》ち出来る。唇を彩ることは、私にとって習慣化された儀式のようなものだ。現役時代のイチローが毎朝カレーを食べたり、食事の前に「いただきます」と言ったりするのと同じように、必ず口紅を塗る。

唇の色次第で、一日の気分や運勢が左右される。

今日は朝から鏡に映る自分の顔が、ぼんやりと霞《かすみ》がかかったようだった。

昨日も仕事が終わって家に帰ってから、明け方までひとり飲んでしまったのだ。少しでも気分を切り替えようと、シャネルを唇にのせるが、パズルのピースが嵌《はま》ったような快感はない。

慌ててメイク落としシートを取り出し拭って、THREEの新色をのせる。いつもなら風景の色が変わるのに、目の前はくすんだように灰色だ。また落とし、すがるように最後の一本を塗る。映画の中の彼女は踊りながら友達とパーティーに出かけたのに、音楽は鳴り出さない。

それどころか、前の色がわずかに残ったまま、次の色を塗ってしまったせいで三色が混ざり合い、唇を取り外したくなるほど冴《さ》えない色になってしまった。

つまさきがじんわりと痛んで踵《かかと》がぐらつく。足に馴染《なじ》んでいない余所《よそ》行《ゆ》きの細いヒールでは、これ以上立っていられそうもないくらい、心が揺らいでいた。

顔がパッとしないのも、唇の色が気に入らないのも、飲みすぎや、仕事でお客様に叱られたせいではない。

原因は今から、目の前の扉を開いた先にある時間であることを、とっくに知っている。

深く息を吸い、吐く勢いで扉を押した。

小さなベルが鳴り、控えめな音が店内に響く。

「いらっしゃいませ友川《ともかわ》さま。お待ちしておりました。お席はあちらでございます」

すぐに、名前を知らない顔馴染みの店員に声を掛けられる。

窓際の、そこだけが独立したようなテーブル席に座る時也《ときや》くんが、メニューから顔をあげてこっちを見た。眼鏡《めがね》の向こうの大きな目に映る私は、きちんと笑顔を作れているだろうか。

「お待たせ」

「ううん、全然」

口角だけで微笑《ほほえ》んだ彼を見て、きっと私も同じような顔が出来ているのだろうと人心地がつく。

夫の時也くんとは、久しぶりに顔を合わせた。

百貨店のバイヤーをする時也くんは、年々多忙を極めている。

一年の三分の一は買い付けのため国内外を飛び回る。出張がない時も、結婚してふたりで買ったマンションには真夜中に帰り、私が起きる前にまた仕事に行くということが、最近は特に増えた。

二週間前にLINEで『今日は帰る？』『帰るけど遅くなる』『了解』というやりとりをして以来、連絡もとっていなかった。

一昨日《おととい》久しぶりに時也くんから『明後日《あさって》の夜に食事しよう』とLINEが来た時、果実が弾けるような嬉《うれ》しさはなく、砂を呑《の》みこんだように喉の奥がざらざらした。

「友川さま、いつもご来店ありがとうございます。お飲み物をお伺いいたします」

店員に声を掛けられメニューを一瞥《いちべつ》し、いつものようにワインにしようと決めた。

「私は本日のワイン、赤で。時也くん、同じでいい？」

私たちはワインの好みが合う。初めてここへ来た時に、どちらかがワインを頼むと「俺もそれが飲みたかった」「私もそんな気分だった」というやりとりが何度も起こって笑い合った。

大きな目が、笑うと柴犬《しばいぬ》みたいな濡《ぬ》れた瞳になる。そんな彼に胸がときめいたのは二十三歳の時、もう五年前だ。

「いや、俺は白で」

胸がきゅっとしまって目を落とすと、ワンピースの胸元に小さな赤い染みがあった。

染みはまたたく間に広がっていく。どくどくと心臓の音がうるさい。

「橙花《とうか》ちゃん?」

気付くと、染みは消えていた。

「あ、ごめん」

「大丈夫? そっちも仕事大変だもんね」

「時也くんの方が忙しいでしょ」

「うーん、ちょっと、最近はね」

たったこれだけのやりとりで、手持ちの話題がなくなった私たちの間には、沈黙が訪れる。

早くワインが来て欲しい。沈黙と喉をうるおして少し酔えば、この場をやり過ごせるのに。

恋をして、恋人になって、ずっと一緒にいたくて結婚したのに、たった三年で、私たちは夫婦として機能しなくなってしまった。

乾いたタオルがふわふわになるように、干す時に十回は振りたい私と、一回だけでいいよと言う彼。風水的に閉めた方がいいからと、便座の蓋を閉じたい彼と、どうしても開けっ放しにしてしまう私。食器を洗浄機に入れる前に入念に洗いたい彼と、さっとすすぐだけの私。掃除機をかけたら中のゴミはその都度捨てて欲しい私と、うっかり忘れてしまう彼。コンビニの惣菜《そうざい》でもいいから、家でごはんが食べたい私と、外に出てお金をかけておいしいものを食べたい彼。

たくさんの小さな歯車の食い違いが、私たちの心をギリギリと少しずつ軋《きし》ませた。無理やりに回そうとした歯車は変形してしまって、今ではもう噛《か》み合うことはない。ワインの好みが違ってしまったように。

だけど本当は、彼のせいじゃない。

二年前に母が亡くなったことが、私の歯車の動きを止めた最も大きな原因だった。

母が突然他界して、私の心には虫に食べられたみたいにぽつり、ぽつりと小さな穴が出来、広がっていった。

どんなに仕事が充実しても、友達と楽しい夜を過ごしても、時也くんが慰めてくれても、その寂しさは埋まらなかった。

忙しい合間を縫い、時間を作ってくれた彼といることよりも、お酒を飲んで脳と体をアルコールに浸してしまう方が簡単で、何倍も気が紛れた。

私の心の穴を、時也くんの存在で埋めることは出来なかった。

穴は穴のまま、ぽっかりと空き続けている。

今思えば、それは彼にとって存在を否定されているようなものだったかもしれない。

そんな私に、時也くんも消耗していったのだろう。

時也くんは仕事に熱中し、私はアルコールに心を預けた。そうしていつしか、キスやセックスどころか「おはよう」も「おやすみ」さえも言えない、すれ違いの生活になっていった。

念願のワインが目の前で注《つ》がれる。ぎゅるる、と喉が鳴る。

ふたりの隙間を埋めるようにワインを飲んで、ベルトコンベアーのように運ばれて来る前菜やスープやパスタを黙々と食べた。

メインのラム肉のフィレソテーは、ほんの少しの酸味と甘みを感じる赤いソースが、羊の独特な風味によく合っている。時也くんは真鯛《まだい》のヴァプールを、きれいにほぐしながら食べている。かかっている白いソースはどんな味だろう。想像してみても、ぼんやりとした唾液の味にしかならない。

同じテーブルに並んだ二つの料理は、赤と白ではっきりと分かれている。

ワインの好みみたいに、はっきりと。

満たされていく胃とは反比例して空虚になっていく心を誤魔化すために、ワイングラスを傾ける。

「あのさ」

「ん？」

「私、明日からしばらく実家なんだよね」

「へえ、そうなんだ。なんで？」

「母さんの三回忌」

「え、いつ？」

「明々後日《しあさって》。ついでに有休消化」

「……そっか、ごめん俺、仕事だ」

「だよね」

「本当にごめん」

母の三回忌のことを、時也くんにはあえて言わなかった。車ですぐ行ける距離ならまだしも、私の実家は都内といえども、太平洋に浮かぶ小さな島で、船か小型の飛行機に乗って行かなければならない。

天候や海が少しでも荒れれば、運休して帰れなくなってしまうような場所に、時也くんを連れて行くのは憚《はばか》られた。忙しい彼にとっては心が落ち着かないだろうし、もし急な呼び出しがあった場合、仕事に影響が出てしまえば迷惑だろうと思ったからだ。

事前に伝えていれば、真面目で私の家族との関係も良好な彼ならきっと、三回忌のためにスケジュールを調整したはずだ。そんな面倒なことをさせるよりも、直前に知らせて「行けない」という口実を作ってあげた方が、彼にとっても少しの罪悪感で済む。

何より、家族の前で時也くんときちんと夫婦でいられるか、自信がなかった。

「あのさ」

気まずさを感じたのか、白ワインを飲み干した時也くんが口を開いた。

「俺、出て行こうと思う。あのマンション」

口の中にあるラムが、石のように硬くなった。ガリッと音がして、歯が欠けたんじゃないかと舌でたしかめる。

「ほら、店が異動になって、ちょっとアクセス悪くなったでしょ。夜遅いと橙花ちゃんも寝てるのに悪いしさ、朝も起こしちゃうじゃん。だからもっと近いところに部屋借りようかなって。会社から家賃補助も出るし、寝に帰るだけみたいな、ワンルームの、ユニットバスはちょっとあれだから別で、でも俺シャワーだけあればいいしさ、シャワールームでよくて。なんか、そんな部屋だと思うんだけど」

急に饒舌《じょうぜつ》になった時也くんは、問いかける間もなく部屋の間取りまで明かした。

「もう部屋、決まってるんだ」

「あー……うん、ごめん」

「なんで謝るの？」

「いや、こんな大事なこと相談もせずに、事後報告みたいな……」

不思議と、彼が浮気をしてるとか、新しい部屋で別の誰かと暮らすんじゃないかとか、そういう疑いはない。

私たちはお互いに同じずるさを持って、自分の生活から相手を省いている。

「気、遣わないで。仕事大変だもんね」

忙しい、仕事が大変、これらの言葉が世界から消えてしまったら、私たちは何を話すのだろう。まるで壊れたおもちゃみたいに、同じ言葉ばかりを繰り返している。彼と恋をしていた時、一体何を話していたのかを、もう思い出せない。

「うん。ごめんね、迷惑かけて」

「全然」

石になったラムをなんとかワインで流し込むと、店内の照明がゆっくりと暗くなった。

「おめでとうございまーす！」

伸びやかな低い声が響く。きっと客の誰かの誕生日なのだろうと察して辺りを見渡すと、店員が嬉しそうに、私たちのテーブルに近付いて来る。

その手には、花火が刺さったとびきりハッピーなケーキ。

私と時也くんは顔を見合わせる。そして同じタイミングで「あ」と声を出さずに気が付いた。

「友川さま、ご結婚記念日おめでとうございます！」

顔馴染みの店員が、私たちの間にケーキを置いた。

チョコレートには『Toka』と書かれている。

氷のように固まった私たちを見て、あれ？　こんなはずでは……と困惑する店員は、慌ててもう一度「おめでとうございます！」と半ば叫ぶように言って拍手をした。

馴染みの店だ。店側からのサプライズがあってもおかしくない。だけど、私たちは嘘《うそ》でも花火が刺さったケーキを喜べる空気ではなかった。

なんせ、お互いに今日が結婚記念日だと気付かずに食事の約束をして、ついさっきまで、あろうことか別居の話をしていたのだから。

どこか遠いところで、パラパラと周りのお客さんたちの拍手が聞こえる。バシバシと、火花の音がやけにうるさい。

『当たりだヨ！　もう一本選んでネ！』

ガシャン、と取り出し口に落ちたブラックコーヒーを拾うと、自販機から機械の声がした。

自販機のボタンが再び赤く光る。ちらと時也くんを見ると、ちょうどタクシーに乗り込むところだった。

私はもう一本同じブラックコーヒーのボタンを押して、急いで時也くんの乗ったタクシーを止める。彼は大きな目を見開いて、私を見た。

「どした？」

「これ今、当たって。一本あげる」

半分だけ開いた窓からコーヒーを差し出すと、時也くんはほんの少し眉をひそめた。

「あー……俺、コーヒー飲めないよ。特にブラック……」

「え？　そうだっけ」

「うん。ごめん……じゃあ行くね」

「ああ、うん」

時也くんは運転手に会社の名前を告げて、タクシーは走り去った。

手元に残った二本のコーヒーを見ていると、お腹《なか》に溜《た》まっていた気持ちが沸々と熱を帯びてきて、鎮めるためにコーヒーを一気飲みしたら、苦みが喉につかえて、咳《せき》が止まらなくなった。きらめく夜の街並みが、滲《にじ》んだ視界の中で揺れていた。

高速船に揺られながら、ぼんやり窓の外を見ている。

晴れていれば爽快なはずの景色は、灰色の空、黒い海、薄くかかった霧のせいで余計に心を沈ませる。

いっそこのまま船が沈没してくれたら、こんな憂鬱《ゆううつ》な気持ちから解放されるだろうか。

テーブルに置いたスマホが振動し、大きすぎる液晶に表示されたのは『父さん』の文字。

「もしもし?」

「ああ橙花、今船か?」

「うんそうだよ」

「いつ頃着く?」

「んー、昼過ぎには」

「わかった。時也くんも一緒か?」

「いや、忙しいから今回は来れないって……」

「そうか」

「……父さん」

「ん?」

父に、時也くんとのことを打ち明けたくなる。

私たちは〝別居〟という中途半端で曖昧な状況だ。どうしても言い淀《よど》んでしまう。

「……やっぱいい、なんでもない。じゃあまたあとで」

「ああ」

ソファ席の低い背もたれに体を預けて目をつむると、意識の遠くで船が鳴くのが聞こえた。

太陽が真上にくる頃、船を降りた。

地面に足をついて辺りを見渡す。変わらない港の景色に心が緩む。眠っている間に雲が晴れた空は高く、後ろを歩いているふたり組の女の子が「わー！きれい！」「海も空も青っ！　写真撮ろ！」とはしゃいでいる。見慣れていたはずの空が、海が、山が、都会の切り取られたような空に慣らされた私の目には広く、眩《まぶ》しく映る。

中学を卒業して島を出たのは、島が嫌になったからじゃない。島には高校が一つしかなく、中学を卒業した子供たちの半分以上は、島外の高校へ進学するのが当たり前だからだ。

ここは東京都なので、私たちは島を出ても都立高校を自由に選ぶことが出来る。少女漫画に登場する、高校生でひとり暮らししているキャラクターは、何かと暗い過去や、複雑な家庭環境と共にその人物像を描かれるけれど、私たち島民にとっては特別なことじゃない。

進路の選択肢に「島を出る／出ない」があるだけだ。

だけど、私が島の高校を選ばなかった理由の一つには、当時父が島の高校の教頭を務めていたというのがある。

父の職場に通うのは、なんとなく気が引けた。

家にも学校にも父がいるということが、思春期真っ只中《ただなか》で恥ずかしかったのかもしれない。私は都内の公立高校を受験し、十五歳で島を出た。

父に迎えを頼もうと携帯《スマホ》を取り出すと、少し先でクラクションが鳴った。

一度鳴らせばいいのに、狂ったようにリズムを刻んでいる。嫌な予感がしてクラクションの主である軽トラを見ると、やっぱり、運転席にいたのは弟の翠《みどり》だった。

皆が見ている中、軽トラに駆け寄って、気持ち良さそうにクラクションのリズムに合わせて歌っている翠に向かって、思いきりドアを叩《たた》いた。

「クラクションでスタンド・バイ・ミーやるのやめてよ！」

「いーじゃん姉ちゃん、ノリ悪《わり》ぃなあ」

一つ年下の翠は明るい馬鹿で、高校も「近いといっぱい寝れるから」という理由だけで、何の考えもなく父のところに進学し、卒業して漁協に就職し、一年前に結婚した。

東京観光に来ていた翠から「紹介したい人がいる」と呼び出され、表参道《おもてさんどう》のカフェで待ち合わせた。現れた弟と隣にいる女性を見て、冬なのに頭皮から汗が吹き出したのを覚えている。

褐色の肌、深い彫り、こぼれ落ちそうに大きな目、カタコトの日本語。

彼女はスリランカ人で、サムザナさんという名前だった。

満席の店内で人目も憚らず見つめ合ってキスをするふたりに、私は白目をむいて倒れそうになるのをなんとか踏ん張って、ジントニックを注文し一気に流し込んだ。一刻も早く脳を麻痺《まひ》させたかった。ふたりが三十五回目の熱いキスをかわしたあたりでアルコールが効いてきて、それから何を喋《しゃべ》ったのかあまり記憶にない。

結婚してすぐ、故郷を懐かしむ彼女のために翠がスリランカやインド、東南アジアなどで料理に使われる野菜を専門に栽培する農業を始めたと聞いた時は、いくら能天気な弟でも正気を疑った。順調らしいと父から聞いてはいたが、にわかには信じられない。

「あんたさあ、ちゃんと生活出来てんの?」

「それが、都会じゃインドとかアジア料理めっちゃ流行《はや》ってんでしょ? サッちゃんの提案でネット通販始めたら注文殺到してさ。国産野菜のアジア料理って、矛盾してる気がするけど、使ってくれてる店も繁盛してるらしいよ。サッちゃんマジ天才だわ」

翠を見てると、人生はものすごくイージーで、私の方がハードモードに設定されている気がする。

「いいよね、あんたは気楽で」

「姉ちゃんがごちゃごちゃ考えすぎなんだよ」

「うるさい」

「てか、姉ちゃんこそちゃんとやってんの」

「何が」

「毎日酒ばっかり飲んでそうな顔だから。アル中は量じゃなくて、飲みたくなる頻度で決まるらしいわ。それに、あんま飲みすぎると時也くんに呆《あき》れられんぞ」

「………」

「なに、もしかしてもう手遅れ？」

「早く車出して！」

「おーこわ」

翠はけたけたと笑いながらアクセルを踏んだ。

漁港の船着場を過ぎて海を横目に坂を登って、住宅街を走っていると、島で唯一の小さな教会が見えた。

「ここ、まだあるんだ」

私が生まれる前からあった教会は、白い建物に十字架がのっかっているだけの、おもちゃみたいにシンプルなつくりだ。

狭い島だけど、教会の前は通学路ではなかったから〝日常の風景〟ということもない。同級生の親が何人か通っていたから、日曜日やクリスマスに「教会に行く」という理由で友達から誘いを断られたりしたことがあったくらいで、なんとなく住む世界が違うような気がしていた。

「去年の冬に牧師が横浜《よこはま》に帰ったから、島の有志でなんとかしてるみたい」

「牧師がいない教会なんてアリ？」

「さーわかんね、行ったことないし。姉ちゃんある？」

「ないけど」

「だろうな。姉ちゃん信仰とかなさそ」

「ケンカ売ってる？」

「売ってませーん」

「サムザナさんは？」

「サッちゃんはブッキョーだよ」

「へー。あんたは？」

「俺？　俺は別に。ムシューキョー。あ、でも実家に仏壇あるからブッキョーか？　よくわかんね」

「理解あるんですね」

「何が？」

「宗教とか、彼女のこと」

「理解とか別に。サッちゃんはサッちゃんだろ」

大人になってから翠と会うことも話すことも減ったけど、運転をする横顔がずいぶん精悍《せいかん》になっていることに気付く。

一つしか違わないけど、子供の頃、その一つは大きかった。

九九も、縄跳びも、逆上がりも、家を出たのも私の方が先で、ずっと前を行ってると思っていた。

七の段が言えなくて、二重跳びで縄が足に絡まって転んで、鉄棒に顎をぶつけて泣いた弟のその頬に、もう涙の筋は見当たらない。

少し苛立《いらだ》つのは、翠が弟だからだろうか。

「そういや姉ちゃん太った？」

「うっさい！」

やっぱりただの憎たらしい弟だ。

教会を通り過ぎる時、木製の扉がわずかに開いているのが見えた。

牧師もいない教会で祈る人もいるんだな。

＊

鳥の声の中に、エンジンの音が混ざった。

教会の前の道は小さくて細いから、ただでさえ人も少ないのに、まだ明るいこの時間に車が通るのはもっと珍しい。

キリスト教じゃないけど、教会でのお祈りはダリアの日課だから、ずっと続けてる。

平日は放課後、休みの日は昼頃起きてから。

島にたった一つの教会は古くて、きらきらしたステンドグラスも大きなオルガンもない。

だけど、真っ白な壁と高い天井につるされた白玉みたいな照明、少し埃《ほこり》を被《かぶ》ったピアノ、座面も背もたれも硬いけど、腰掛けると歌うようにきしむ長椅子はお気に入り。一歩足を踏み入れると、静かな音だけがダリアを包むようにそばにいてくれる。静けさにも音があるんだって気付いた時は、ダリア天才？　と思った。

ここは、空気がきれい。

お祈りが終わってスマホを見る。瀧《たき》からLINEの返信はなかった。一時間も前に送ったのに既読すらついてない。

そういう時の居場所はわかってるから、お祈りも終わったし、ピンクのクロックスを履いて、日傘をさして出発する。

教会から少し下って中央通りを抜けて、海沿いをしばらく歩くと山の入り口があって、手入れされていない階段は落ち葉が積もりまくりだし、草もぼうぼうだけど、足をくすぐられるのにも、もう慣れた。

長い長い階段を上ると、茂みの中には忘れられた神社がある。鳥居は色褪《いろあ》せて木がむきだしになってるし、ほこらも蔦《つた》が絡まっている。

島の反対側に大きな神社があるから、こっちは誰もお参りしなくなったんだと思う。

おじいちゃんおばあちゃんが多い島だし、百段近くある階段を上るのはしんどいだろうから。

さっきまで教会にいて、今は神社にいて、なんかシンコウシン強い人には怒られそうだけど、家に仏壇あってもクリスマスやるし、怒られても「は？」って感じ。

階段上ったせいで喉が渇いた。人工的な黄色の炭酸ジュースはぬるくなって気も抜けてるし、飲む気にならない。ポケットをあさると昼休みにリカがくれたグミがあった。リカが好きな韓国《かんこく》のアイドルがＣＭしてるグミで、ガムやキャンディみたいに一つ一つ包装されてるのがウリらしい。紙をむいてプニプニのグミを口に入れると、グミの中から液体が溢《あふ》れ出て、口の中にオレンジの味が広がった。喉が渇いていたからちょうどいい。

神社の奥には下りの階段がある。整備されてないし雨の後なんか泥がぐちゃぐちゃで悲惨。今日は天気もいいし、瀧のクロックスのあとがあるから、ダリアもそれを踏んで下りていく。足あとは、おんなじ大きさ。

階段に積もった土が途中でさらさらした白い砂に変わって、ちゃぷちゃぷと波の音も聞こえて来る。

ゆるいカーブが終わると、小さくも大きくもない、まるい入り江が目の前に広がる。

足あとは波打際でなくなって、砂浜に瀧の紺色のクロックスとリュックが放られていた。

入り江の真ん中に、制服のまま浮かぶ瀧がいる。

ここは、瀧とダリアの秘密の場所。

砂浜に鞄《かばん》だけ置いて、そのまま海へ入る。

瀧みたいに泳いだりしないけど、靴下は穿《は》いてないし、短いスカートが海に浸《つ》かっても、すぐに乾くからどうでもいい。

「何？」

ダリアが作る波の動きが伝わったのか、目をつむったまま静かに浮かぶ瀧が言った。

見ないでもダリアのことがわかるなんて、ディスティニー感あって、にやけそうになるけど、ダリアはそんなことでときめいたりする、ありきたりの女の子じゃないですよって意思をこめて、出来るだけだるそうに、いつものトーンで喋る。

「ねえ聞いた？ 修学旅行、ランドだって。シーが良かったのに。瀧、行ったことある？」

瀧は目をつむったまま、やっぱり喋らない。

いつも言葉は少ないけど、入り江にいる時はもっと減る。

何考えてるかわかんないけどココウでクールだから、トクベツって感じで、ダリアは目が離せない。

目が隠れるくらい重たい前髪も、島の子なのに白い肌も、ダリアより背が小さいところも、漁師やサーファーの子供で太陽に愛されたケンコーすぎる男子が多いこの島では珍しいくらい地味だから、余計に目をひく。

リカは「瀧とか、こじらせじゃん」って言うけど、こんなおおらかでのほほんとした島じゃ、こじらせていられる方が難しいと思う。

とにかく中三の時、転校初日に瀧を見た瞬間、ダリアの脳みそにカミナリがガツーンだった。

それによく見ると、まつ毛が長くて鼻筋も通ってる。鼻と口元の間のほくろはムロツヨシみたいだけど、ムロツヨシだって最近は恋愛ドラマの主役やってるくらいだしセーフ！

「一緒に耳買おーよ」

手をグーにして頭の上にのっける。本当はタワー・オブ・テラーとかセンター・オブ・ジ・アースに乗りたかったから、シー推しだった。だけど去年の修学旅行がシーだったから、今年はランドらしい。そんな理由ってある？　だってダリアたちは行ってないのに！

不満はたくさんあったけど、ランドだろうがシーだろうが絶対にしたいことランキング一位なのが、瀧とオソロでキャラ耳買うこと。

リカはダリアとオソロにする気満々だったけど、修学旅行はやっぱ友情より恋愛でしょ。リカだって、彼氏とオソロにするだろうし。

「似合うね、耳」

いつの間にか、うっすら目をあけた瀧がダリアを見てた。

プロメテウス火山が爆発するレベルで、ダリアはテンションブチ上がって、誰もいないのはわかってるけど辺りを見渡してから、皮がめくれた瀧の唇にキスした。

水面に浮いてる瀧を見て、いつも隙だらけだなと思って、思い切って二週間前にキスしてみたら、まさかの大成功！　それから、たまに不意打ちのキスをする。付き合ってるわけじゃないけど、ダリアが瀧のこと好きだってわかってて許してるってことは、脈アリってことじゃんね？

「しょっぱ」

湖みたいな入り江だけど、瀧の唇の味で、海水だったことを思い出す。

瀧はキスしても特に反応しなくて、もぐって岩場の方に泳いでいっちゃった。

あーあ、恋ってせつない。

不穏なすき焼き

私の父は、東京の下町で生まれ育った。

教師になり十年が経った頃、島の高校に配属されて、当時高校生だった母と出会った。

初めての島生活にはじめこそ慣れないこともあったが、父は島の住民や生徒たちと打ち解け、ここを第二の故郷だと思うようになった。

母はすらりと背が高く、島の子らしい朗らかな明るさや、ふわふわと軽やかに歩く姿が嫋《たお》やかな海のようで素敵だったと、母の葬儀で久しぶりに島に戻った母の同級生が、泣きながら呟《つぶや》いていた。

母は高校を卒業して島を出て大学に進み、父と同じ教職の道を歩んだ。

志望した地元の中学に配属が決まり、母はまっさきに父に知らせたという。

島でふたりは、教師と生徒ではなく、年の差こそあったものの大人の男女として再会を果たし、恋に落ちて結婚した。

正直、私は父のことをよく知らない。

私は根っからのお母さんっ子で、何をするにも母の後を付いて回ったし、歌うように喋る母の声が大好きだった。

父はあまり喋らないけど、母と同じで、穏やかな人だ。

父のいる高校に進学した翠も、父が学校で大きな声をあげたり、生徒に何かを強制したりした姿を一度も見たことがないと言っていた。

それは家でも同じで、私や翠は父に怒られたことがない。

とりたてて何か喋るわけでもないが、母は父といる時いつも楽しそうだった。父も、母といる時は、いつも静かに笑っていたような気がする。

線が細く、背丈も同じくらいのふたりが並ぶ姿はとても自然で、どこにいてもすぐにふたりの空気を纏《まと》ってしまえるような自然さがあった。

ふたりはまるで、月と波みたいだ。

月の引力で、穏やかに寄せては返す波。

確執があるわけではないけど、私も翠も家を出て、母が亡くなって、父がひとり残された家に帰るのは少し緊張する。

母のいない家は、月がいなくなって、まったく波のたたない海みたいで、少し不安なのだ。

そんなことを考えながら、外の風景を目で追っていると、実家の薄く剝げた赤い屋根が見えて来た。

　小さな島だから、車で十分もしないうちに家に着いた。

　軽トラの助手席から降りて、翠に荷物を任せる。

　庭には、海岸に落ちていた大きな丸い石で囲まれた花壇があり、小さな白い花がたくさん咲いている。はためくシーツはきっと、父が私のために干してくれたものだ。

　玄関を開けると、そこは変わらぬ我が家だった。

　引き戸の少しつっかかる感触も、下駄箱の上の家族写真も、匂いも、何もかも、時が止まったみたいな風景がそこにはあった。

「荷物くらい自分で持ってよ」

　翠が私の荷物を持って入って来た。

「この家なんにも変わんないね」

「その壁、この前塗り替えたみたいだけど」

「……匂いとか、変わんないじゃん」

　くんくんと宙の匂いを嗅ぎながら「わっかんね」とだけ言って、翠は奥の和室に私の荷物を運んでいった。

　情緒ってものが、弟にはないらしい。

　すると、廊下の奥のトイレの扉が開く。

サムザナさんは、私を見るなり大きな目を見開いて叫んだ。

「トーカ!」

お腹の大きな彼女が小走りでこちらに向かって来て、勢いよく抱きしめられる。

サムザナさんのオーバーなリアクションとスキンシップには未《いま》だに戸惑いを隠せず、手のやり場に困ってしまう。

「お、お久しぶりです……」

「トーカ元気だった!? 会いたかった!」

サムザナさんの声に翠が飛んでやって来て、大きく張っている彼女のお腹を抱えるように「サッちゃん! 危ないからゆっくり歩いて!」と見事なラブラブバカップルぶりを目の前で見せつけられ、またも白目をむきそうになりながら、呆然《ぼうぜん》と立ち尽くすことしか出来ずにいた。

ふたりが父を探しに行ってくるというので、私はひとりで仏間に入り、仏壇の母に手を合わせる。

「母さん、ただいま」

急な死を迎えた母の遺影は、まだ私が島にいた頃に父が撮った、母が台所に立つ姿だ。

幼い私が母を呼び、笑顔で振り返った瞬間を父がカメラに収めた。

美しいままに亡くなった母の写真を見ていると、死は突然で、誰にでも訪れるものなのだと思い知らされる。

遺影の脇に供えられたあんこときなこのおはぎは、いつも母が作っていた両親の好物だ。

小皿のうえにちょこんと控えめに二つ並ぶその姿は、父と母が寄り添っているようで、寂しさがつのる。

もち米を炊いておひつに移し、少し蒸らした後、麺棒で潰す。

あんこが炊ける頃には家中があまい匂いに包まれて、何をしてても台所に足が向かってしまう。見計らったように母は「橙花、一緒にしよっか」といたずらっ子のような笑顔を向けて私を迎え入れた。

水をつけた手にごはんを取り、むちむちと音を立てながら俵形に握る。

母がごはんを皿に置く時、俵形のごはんが息を吐くようにくたっとするのを見るのが好きだった。他の誰がやっても、ごはんは呼吸しない。ただのごはんとしてお皿に置かれるのに、母の手によって、息が吹き込まれる。

母は、きっと特別な手を持った人だったんだろう。

まだあたたかいあんこを手のひらに載せ、一度軽くまるめる。真ん中を押すようにしてあんこを手のひらにのばしていく作業が、粘土遊びみたいで楽しかった。

あんこの中心にごはんを載せて、あんこでやさしく包むとおはぎが出来上がる。

出来立てのおはぎをほおばって母を見ると、私の口元についたあんこを小指ですくって母が口へ運ぶ。

「うん、おいしい」

母の小さな顔にえくぼの花が咲いて、私はくすぐったい気持ちになるのだった。

「おかえり」

線香の細い煙が宙を漂うのを見つめながら思い出していると、背中から母の声がした。

驚いて振り向くと、父が立っていた。

淡いパープルの、小さなすみれがたくさん咲いたワンピースの裾が、まだ明るい夕方の風に揺れている。

「おかえり」

今度ははっきりと、父の声だった。

喉元を摑《つか》まれたように、声が出ない。

久しぶりに再会した父が、母の服を着ていた。

すき焼きに色がない。

食卓に並んだ料理は父が用意したもので、すき焼きに刺身、明日葉《あしたば》の天ぷらと大根の漬物、あんこときなこのおはぎ、瓶ビールやジュースが並ぶ、豪勢な食事だ。

なのに、母のワンピースを着て平然としている父の態度ばかりが気になって、食べ物が灰色に見える。

食卓に座る父の隣には、ふたり分の茶碗《ちゃわん》とお椀《わん》がひっくりかえして置かれている。

「誰か来るの？」能天気にすき焼きの肉をほおばる翠にアイコンタクトで尋ねるが「なんだよ、自分の分は自分で取れよ」と的外れな返事をされて、思わず舌打ちが出る。

「サッちゃん何食べたい？」

「んー、トーフー」

「豆腐？　おっけー。一番でっかいのあげるね」

「翠、肉もっと足すか」

「うん」

父と再会してから、何も言葉を発しない私を置いて食卓は賑《にぎ》わっている。

「橙花、この肉もう食べられるぞ」

「はあ？」

父があまりにも自然に話し掛けてくるものだから、つい語気が強くなる。

改めて父を見る。そしてやっぱり、目を疑う。

なぜ母の服を？　父に女装癖が？　いつから？　なぜ？

考えれば考えるほど謎だらけで、食欲も一切湧かない。

ビールを一口飲んだ父が何か言おうとすると、玄関の戸が勢いよく開く音と同時に「ただいまー」と二つの声が聞こえた。

「え、誰か来たけど」

客人かと、背筋を伸ばすが、父も翠もサムザナさんも誰ひとり気に留めていない。

そこへ、作業着を着たヒゲ面の小柄な中年男と、やたら脚が長く桃色の膝をした女子高生が入って来た。

「遅かったな」

当たり前のように父が中年男と女子高生に話しかける。

「うん、片付け時間かかってさあ。うわ、すき焼きじゃん！　ラッキー」

「マジ腹減ったんだけど」

すき焼きを見て少年のように目を輝かせる中年男と、靴下を脱ぎながらぶっきらぼうに食卓に座る女子高生。客人には見えない。

ふたりは完璧に、この家に馴染んでいる。

「和生《かずお》さん、ダリアちゃん久しぶり」

「おー！　翠にサッちゃん！　久しぶり。今日泊まり？」

「久しぶりー」

「うん、そのつもり」

翠とサムザナさんと中年男が、流れるように会話している。

和生？　ダリア？　翠にサッちゃん？　関係性がまるでわからない。

「ねえ……」

やっとの思いで声を出すと、和生と呼ばれた男が「おお！」と声をあげてまっすぐに私を指差す。

「トーカだ！　橙花！」

なぜこの人は、私の名前を知ってるのだろうか。それも、初対面で馴れ馴れしく名前で呼ぶなんて。

ぽかんとして声を出せない私を見て、男は改まった様子で言った。

「わたくし、藤田《ふじた》和生と申します……」

「ああ……どうも……」

「にくにくにくっ」と、顔くらいある大きな肉をほおばる女子高生は、肉を飲み込みとろけそうに破顔した。

「あの……そちらは？」

女子高生の表情は一瞬で無になり、私を見て目を細めた。

「は？　ダリアだけど」

ダリア？　名前なの？　ってかキラキラじゃない……？

ただでさえ頭の中は？マークでいっぱいなのに、これ以上疑問を増やさないで欲しい。

「えっと……父さんの学校の子……？」

父は高校の校長だったから、何か事情があって生徒を招いたのかもしれない。

私が家にいた時にも、何度かそういうことがあった。

「そうだけど」

もごもごと煮え立ての肉を咀嚼《そしゃく》しながらダリアが言った。

だとすると、和生と呼ばれるこの中年男は学校の職員だろうか、ブルーのツナギの汚れ具合からみると……校務員？

「あ、あとダリア、俺の娘ね」

私の頭はもうパンク寸前だ。

母の格好をした父、何も言わない弟とその妻、見知らぬ中年男と娘の女子高生……。

何も言えないでいる私を見てやっと察したのか、翠が口を開いた。

「あれ、姉ちゃん知らなかったっけ？　和生さんとダリアちゃん、ちょっと前から家住《うち》んでんだよ」

「お世話になってます！」

「…………」

父が「ゴホン」と絵に描いたような咳を一つして箸を置いた。

「実はな、父さんたち、家族になる」

「え？」

私と翠とサムザナさん、三人の声が重なった。

今までずっと私だけが置いてきぼりをくっていたが、さすがにふたりも初めて知ったことらしい。翠が父に聞く。

「え、誰と？」

「和生とダリアと」

「……え？」

「父さんは、和生とダリアと、あたらしい家族になる」

聞こえなかったと思ったのか、父が今度は丁寧に言った。

「え……父さんと和生さんとダリアちゃんとで、家族になるってこと？」

「そうだ。もちろん、お前たちも」

翠の「へえ」と呟く声が少しふるえる。滅多なことでは動揺しない弟に、戸惑いが窺《うかが》える。

そりゃそうだ。私なんて声も出ない。

「和生とダリアには、養子に入ってもらう」

父は改めて私たちを見た。

まっすぐな瞳に冗談の色は微塵《みじん》もなくて、というか元々父は冗談を言う人じゃないし、でも冗談じゃないとして、これは何？

「いやー、こんなきったねえツナギのままで悪ぃんだけど」

和生さんが席を立って、私の方へ寄って正座する。

「せーさん……あ、ちげえわ。お父さんを、僕にください！」

昔のドラマで聞いたことのある常套句《じょうとうく》が、初めての文脈で再生される。

勢いよく畳に頭をつけた和生さんに、ダリアがすかさず「和生、それ言ってみたいだけじゃん」とツッコミを入れて、和生さんは「お前それ言うなよー」と満足げに笑って自分の席に戻っていった。

隣から、手を叩く音が聞こえた。翠が拍手をしている。

勢いよく立ち上がって拍手する翠を、全員がぽかんと見上げる。

「あんたどうしたの、おかしくなった……？」

さすがの翠も、この異常事態に頭がやられたか。

「いいじゃん！」

予想だにしなかった翠の反応に、チカチカと目が眩《くら》む。

「うん、いいと思う！　なんだよ早く言ってよ！　めでてーじゃん！」

「お、おお！　翠、ありがとな！」

「てか養子ってことはさ、和生さんが俺らの兄貴で、ダリアちゃんが妹ってこと？」

翠が目を輝かせる。

「そうなるな」

「マジかー！　俺、ずっと兄ちゃんと妹、欲しかったんだよなー！　父さんありがとう！」

翠の馬鹿な発言が胸に刺さった。まるで、姉はいらないって言われてるみたいだ。

翠がわいわいと囃《はや》し立てながら、父さんと和生さんにビールを注ぎ、サムザナさんとダリアはジュースのコップをかかげ、〝あたらしい家族〟とやらは翠の掛け声のもと乾杯している。

音が遠くなり、みんなの動きがスローモーションになる。

乾杯をするグラスの中で波打つビール、笑顔が弾ける食卓、煮えるすき焼き。

目の前で繰り広げられる光景が、映画のスクリーンに映された世界みたいだ。

私だけが、スクリーンの内側に存在していない。

教科書に載っていたベルリンの東西の壁、駅のホームにつけられたホームドア、アメリカの大統領が言い放った意味のない国境、お弁当箱の中に茂るバラン。

たくさんの「隔てるもの」が頭に浮かぶ。

ここは日本で、生まれ育った島で、実家で、日本語で、わからないことなんて何もないはずなのに、食卓で起こっている出来事が、私には何一つ理解出来ない。

体が動かず、声も出ない。慣れない正座のせいでしびれた足の、ぴりぴりとした痛みだけがやけにリアルで、まるで金縛りにあっているみたいだった。

家族って、こんなにも簡単に作っていいものなのだろうか。

おままごとみたいに「お母さん役」「お父さん役」なんて、役を割り振って家族が出来上がるなんて、聞いたことがない。

それに養子って何？　私の兄がこの薄汚い小男で、妹がクソ生意気な女子高生なんてありえない。

翠だけでもうざったいし、サムザナさんとも打ち解けられていないのに。

困惑に押されていた感情が、どんどん怒りにシフトしていく。

こめかみがぴくりと動いたのを合図に、盛り上がる食卓にビールの入ったグラスを叩きつけた。

「ねえ！」

ぴしゃり、と顔にビールがかかる。勢いをつけすぎたことに後悔している暇はない。

出てこなかった言葉たちが、喉元で我先にと押し合っている。もうせき止められない。

「さっきからどういうこと？　てか言っていい？　家族って何⁉　その人、奥さんも子供もいるんじゃないの⁉」

「あ、いや俺、結婚してないよ」

「ダリアもほんとに和生の子かわかんないしね」

「まあな。まあ血とかカンケーねえけど」

「それなー」

「……ええ……？」

和生さんとダリアの流れるようなやりとりに語気が弱まる。

六十を過ぎた父が、子持ちの中年男と家族になるなんて、名前も知らないどこかの国の出来事みたいだ。

それが、こんな小さな島、私の実家の食卓で起こるなんて、大事件だ。

二日酔いみたいに頭が痛い。脳がパニックになって爆発しそう。

だけど爆発する前に、どうしても聞かなければならないことがある。

私は目を閉じ、深呼吸を一つして、目の前の父を見据える。

父が「ん？」と目をまるくして私を見る。

「あの……父さん、その格好は？」

「ああ、これは母さんの」

「知ってるわ！」

ブッと音が聞こえた方を見ると、和生さんとダリアが米を噴いて肩を震わせている。

なんだこのおちゃらけた親子は！　私の怒りはどんどん積もっていく。

「……あのな、橙花」

父が静かに口を開いた。

和生さんとダリアに向けていた棘《とげ》が、一斉に父に向かう。

「何？」

「父さんな、あたらしい家族の母さんになろうと思う」

日本語のはずなのに、父が何を言っているのかわからない。

「……だから、母さんって呼んでもいいぞ」

その瞬間、溜まりに溜まった疑問や戸惑いが、腹の奥ですべてマグマのように熱くなった。

「……な」

喉がカラカラで、蚊の鳴くような声になってしまった。さっきまで蚊帳《かや》の外《そと》だったのに、今度はみんなが私を見ている。

「姉ちゃん？」

「ふざけんなって言ってんだよ！」

思ったよりも大きな声が出てしまった。

顔をあげると、目をまるくしたり、細かく瞬《まばた》きをしたりしているみんなと目が合った。

もう、勢いに乗るしかない。

おかしな家族たちを止められるのは私しかいないと、大きく息を吸う。

「認めない！　私は絶対認めないから！」

おいしそうなすき焼きも刺身も、久しぶりの明日葉の天ぷらも、好物のおはぎもどうでもいい。

自分の言葉の響きが居間から消える前に、私は家を飛び出した。

＊

ぐつぐつぐつぐつ。

しんとした部屋の中で、すき焼きだけが「食べて！　食べて！」って叫んでる。

初めて会った〝トーカ〟は先生みたいに目がまんまるで、ツンと上を向いた鼻と尖《とが》らせた薄い唇は、仏壇に置いてある写真のきれいな人によく似ていた。

顔はリスみたいにかわいいけど、性格は思ってたよりきつい。ハリネズミって感じ。

いきなり怒って出て行っちゃうし、すごい大声で、なんか昔のドラマっぽくて笑っちゃいそうになったから、下唇をぎゅっと噛んで我慢した。

ぐつぐつぐつぐつ。

「……母さん」

ダリアの斜め前に座ってるみーくんが、先生をまっすぐ見つめながらぼそっと呟いた。

「……うん」

真顔だけど、ちょっと嬉しそうな先生がうなずいて、和生が噴き出した。

「うわっ！　なんか飛んだんだけど！」

和生の口から出た物体（たぶん豆腐）がダリアの顔にかかったし、サイアク。

それを見てみんな笑い出したから、布巾で顔を拭きながらダリアも笑った。

「ダリア、肉食べなさい」

先生が取ってくれた肉はおっきくて、卵のドレスを着せて口に入れるとぽわんととろけた。

「んっま」

「ダリアちゃん、ほんと美味《うま》そうに食うよな」

みーくんがニコニコしながらダリアを見た。そしたら和生がお箸でダリアのこと指して言う。

「いっつもブスッとしてんのに、食う時だけはニコニコだもんな」

「うるはい、らっへへんへいのほはんおいひいんはもん」

「何言ってんだよ！」

さっきまでの静けさが嘘みたいに、鍋よりも大きな声でみんなが笑う。

やっぱごはんは笑いながら食べていたい。その方がずっとおいしい。

だいたい、トーカはなんであんなに怒るんだろ。

先生がママになるなんて、パパとママの二重装備で最強じゃん。

そりゃダリアだって、和生と先生が一緒になるって最初に知った時はびっくりした。男の人同士なのにって。

すぐにスマホで『男と男　結婚』って検索したら、法律的には出来ないって知恵袋に書いてあって、頭の中が更に「？」でいっぱいになった。

だけど話を聞いてたら、和生と先生は家族になりたいって言ってて納得した。キスしたりセックスしたりするんじゃなくて、人と人として、ダリアも含めて一緒にいたいんだって。なんかすごいカッコイイと思った。

ダリアたちは先生にいっぱいやさしくしてもらったし、和生が一緒にいたいって思う人が出来て、ダリアとしても一個心配が減ったっていうか、和生はけっこうバカだから、ダリア以外にも支えあったり出来る人が必要だなーなんて思ってたから、ちょっと安心した。

和生はいい奴《やつ》だ。血が繋《つな》がってるかどうかもわかんないダリアと、親子をやっててくれるんだもん。

小さい頃は、同級生の鼻くそばっか食べるガキに「捨て子のダリア」とか言われて、ランドセルに鼻くそつけられてサイアクだった。

帰って和生に話したら、和生は自分のことみたいに怒ってくれた。

普段笑ってばっかの和生が、顔を真っ赤にしてあんまり怒るから、逆にダリアが引いちゃって「なんでお前が引くんだよぉ！」って半泣きで言われた時は笑っちゃった。

血が繋がってたってわかり合えない親子がたくさんいるってことを、ダリアは知ってる。

親も子も自分じゃ選べないし、なのに生まれた瞬間から「あなたは親です！」「はい、きみは、子！」とか言われちゃって、しんどい思いしてる人もたくさんいると思う。

親だから、子だから、男だから、女だから、日本人だから、そうじゃないから……考えたらキリがないくらい、この世界には〝だから〟が溢れてる。

そんなこと気にしないくらい、誰かにやさしくしたり、やさしくされたりしたら、楽になることもあるのになあ。

ダリアはラッキーだ。

生まれてすぐに、ゴミ箱とかロッカーに捨てられちゃう赤ちゃんがいるし、産んだ人だって、頼れる人も、どうにかする方法もわからなくて、そうするしかなかったのかもしれないって思うと、めちゃくちゃ悲しい。

だけどダリアは生まれて、産んだ人が和生に託して、ちょっと前まではばあちゃんもいたし、島に来てからは先生やみーくんやサッちゃん、瀧やリカにも出会えた。

生理前とか、ナイーブになっちゃって、バカみたいに悲しくなる時もあるけど、この島に来てからは夜も、波の音も怖くなくなった。

今もし「捨て子のダリア」なんて言われたら、胸張って言えるのにな。

「ダリアは、超ラッキーだから！」

ま、和生が調子乗るから言わないけどね。

酔っぱらいと伊勢エビ

中学を卒業してすぐ島を出たこともあって、島内で気軽に行ける居酒屋がないということが、海辺を歩く私の足取りを重くさせた。

同級生やご近所の家に行けばとも考えたが、家にスマホを置いてきてしまったし、入るなり「お酒ください！　酒！　酒！　酒！」と叫ぶわけにもいかない。

とにかくそれっぽい店はないかと踵《きびす》を返して、島で唯一商店や飲食店が集まる中央通りへ向かった。

店が集まるといっても五軒ほどで、東京に比べたら何もないに等しい。

辺りはすっかり暗くなって、中央通りは閑散としていた。

照明を落とした土産屋《みやげや》や弁当屋、営業時間が二十時までのスーパーには用がない。ただだっぴろい食堂みたいなラーメン屋、赤提灯《あかちょうちん》が灯《とも》る焼き鳥屋もあるが、ひとりで入るのには少し勇気がいる。

歩き進むと、教会の方へ続く道を外れたすぐ脇に、見慣れない外観の店があった。

島には最近、古民家カフェが流行した影響で建物をリノベーションしたオシャレなカフェや民宿があるらしい。

その一つだろうか、ステンドグラスのような色とりどりの小さなガラスを組み合わせて作られたライトが照らすその店は、小さいながらも独特な佇《たたず》まいで、店の看板らしき船のハンドルには『Bar Ship』と書いてあった。

ひとりで入るのにハードルが低く、お酒がたらふく飲めそうなここに決めた。

木製のドアを開けると、中はやわらかいオレンジの間接照明のあたたかい雰囲気で、壁に貼られた古い映画のポスターや海外の車のナンバープレート、レトロなミニカーなどから趣味の良さを感じた。

カウンターに腰掛けると、常連とおぼしき、島の人らしい黒く焼けた肌に、ヒゲをたくわえ漁港のキャップを被った初老の男性が、会計を済ませ席を立った。

「じゃあマスター、また」

「ありがとうございました」

渋く乾いた声のやさしそうなマスターが、丁寧に挨拶をする。

マスターは常連客を見送った後、すぐにカウンターに戻り私に微笑んだ。

「何になさいますか？」

「島焼酎《しまじようちゆう》、ロックでお願いします」

やっと酒が飲めると、私は逸《はや》る気持ちをなんとか抑えて、落ち着いた声で注文した。マスターの手に握られた透き通ったブルーの瓶から、透明の焼酎が美しく彫られた切り子のグラスに注がれていく。

「おまたせしました、島焼酎ロックでございます」

マスターがグラスから手を離すのとほぼ同時に、私は焼酎を喉に流し込んだ。冷たい氷にさらされた透明の液体が、私の喉を通り、するすると胃袋に流れ落ちる感触に、さっきまでの怒りが少しだけ鎮火されていくのを感じる。

だけどやっぱり納得は出来ない。

母の格好をした父、家族になるという、得体の知れないひょうきんな男、島では珍しい白い肌の女の子、あっさりと祝福出来てしまう翠やサムザナさんの能天気な振る舞い、何より父の言葉〝母さんになろうと思う〟。

熱が鎮まりかけたと思ったが、アルコールにさらされた胃袋とはらわたは、またすぐに熱を持つ。

高い度数の酒を一気に流し込んだ私を見て、マスターは少し驚いた顔をしたけど、おかわりを注文するとすぐさま「かしこまりました」と丁寧な手つきで注いでくれる。

悶々《もんもん》としながら二杯目も飲み干し、三杯目のグラスの中で氷を転がしていると、マスターが私の前に皿を置いた。

目の前に置かれた伊勢《いせ》エビの刺身は、透き通るように白く、ぷっくりとつやめいている。

皿には、茹《ゆ》でられた真っ赤な頭と尻尾《しっぽ》もきちんと添えられている。

出す席を間違えたのかとマスターに目を向けると「あちらのお客様からです」と、まるでドラマの台詞《セリフ》のような言葉と共に、店の奥を見るよう促した。

「俺の船で獲れた伊勢エビっす」

店の奥、薄暗いスペースには、テーブル席が一卓だけ設けられていた。

ソファに腰掛け股を広げて座っている男は、伊勢エビみたいな色のパーカーを着ている。

「あ……どうも……」

偶然居合わせた見知らぬ客に何かを奢《おご》られる……一度は妄想する光景だが、実際に自分がやられると、驚きと困惑が混ざって上手《うま》く返事が出来ない。昔見た映画のヒロインはどうしていたっけ。

お礼を言って、真っ赤なルージュが塗られた唇の口角をあげて、微笑んでみせただろうか。

上手く口角を操れない私は、笑みともいえない曖昧な表情をしてるだろうな。

「え……橙花さん？」

伊勢エビ男が私の名前を呼んだ。精一杯の微笑みが余計に強張《こわば》る。

「うっわ、マジ橙花さんじゃん！　やっべえ！」

私の顔をまじまじと見て、伊勢エビ男が猛然と近付いてきた。

助けを求めて目配せすると、マスターは伊勢エビ男と顔馴染みのようで、私の視線に気付いたものの、ウインクなんて見当違いな返しをされてしまった。さっきまで店の雰囲気を高めていたマスターが、急に裏切り者に見える。

戸惑う私にお構いなしで、伊勢エビ男はどかりと隣に座り「マジ久しぶりっすね、すげー嬉しいっすわぁ」と感激しきりだったが、瞬きばかりしている私の目を見てふたりの間の温度差に気付いたのか、きょとんとして「え？」。

私も「え？」と返す。端から見たら、相当マヌケなやりとりだろう。

「いや、俺っすよ、俺。翠の同級生の！」

脳みそをぎゅっとしぼって記憶を辿《たど》る。弟の同級生……へらへらとした面持ち……伊勢エビ……伊勢エビ？

そうだ、目の前に置かれた伊勢エビにヒントはあった。

「……エビオ？」

「そうっすエビオっす！　やっと思い出してくれたんすね！」

そうだ、エビオ。

彼の家は、代々地元で伊勢エビ漁をして生計を立てているから「エビオ」と呼ばれていた。

職業があだ名になっているのだから、たぶん彼の父親も祖父も、その前もみんなそう呼ばれていたのだろう。

昔から翠と仲が良くて、よく家に獲れたての伊勢エビを持って来ては、母さんが刺身にしたり、茹でたり、大きなエビフライにしたりしてくれて、エビオも一緒に食卓を囲んでいたっけ。

だけど中学を卒業する頃、海に囲まれた島の子供としては致命的なのだが、私は甲殻《こうかく》類《るい》の見た目のグロテスクさに気付いてしまった。

そのせいで伊勢エビも例に漏れず、受け付けなくなってしまった。

伊勢エビは特に、目がぴょんと飛び出しているのが理解不能で恐怖だった。

だからエビオが家に来ると「うわ、伊勢エビがまた来た」と邪険にし、部屋にこもるようになっていった。

今では甲殻類や伊勢エビに対する嫌悪感もまるでなくなり、あの頃食べなかった分が、もったいないと思うほどだ。きっとあれが思春期の不安定な心ってやつだったんだと思う。

エビオとは、約十年ぶりの再会だ。

あんなに小さくて坊主頭だったエビオは、すらりと背も髪も伸びていた。舌足らずな喋り方はそのまんまだけど、声もしゃがれたエビオに、私がすぐに気付けるはずがなかった。

「煙草《タバコ》、いいすか？」

「あー、うん」

「てか橙花さん、なんでこっちいるんすか？」

母の三回忌のための帰省だと話すと、エビオは「もうおばさん亡くなって二年かぁ、早いっすねえ」と煙を遠くに吐きながら呟いた。

香ばしい煙の匂いが鼻をかすめて、条件反射のように脳がニコチンを求め始める。

腰のポケットを触ってハッとする。

そうだ、財布も煙草も家に置いてきてしまった。

考えなしに頼んでしまったお酒を前に、頭を抱える。

地元の店で無銭飲食だなんて、一生の恥だ。

私は意を決して、うっとりと煙草を吸うエビオを見た。

「あのさあエビオ……お願いがあるんだけど」

「なんすか？」と言ったエビオの鼻と口から、煙がこぼれる。

「あの、お金……貸してくれない？　財布置いてきちゃって……」

「全然いいっすよ！　てか、橙花さんに奢れるとか嬉しいっす。俺も大人になったなぁ」

エビオが無邪気で助かった。

「それとさ……一本もらっていい？」

「もちろん」

お酒の席で喫煙者がいると、ごくたまに、普段は吸わない煙草が欲しくなる。

マルボロを一本もらうと、エビオがライターを構えた。

海に出る人間の、ごつごつと骨っぽく厚い手が目の前に来る。

時也くんは煙草を吸わないし、年下の男の子に火をつけてもらうなんて慣れなくて、なんだか悪いことをしてる中学生みたいでくすぐったい。

マルボロの苦みが口の中に広がると、エビオが私の左手をまじまじと見ていた。

「橙花さん、結婚しちゃったかあ……」

「うん、まあ……」

別居中だけどね、とは言えず、後ろめたくなって左手を隠すようにグラスを持つ。

「あれ、もしかして上手くいってないんすか？」

翠と同じ鈍感バカだと思っていたのに、大人になったエビオは察しが良かった。

返事が出来ないでいると、煙草を灰皿にトントンと叩きながらエビオが言った。

「結婚は悲しみを半分に、喜びを二倍に、そして生活費を四倍にする……by俺」

「なにそれ」

「うっそ、イギリスのことわざー！」

「しょーもな」

「結婚てそーゆーもんじゃないんすか？」

「……悲しみを0《ゼロ》に、喜びも0に、そしてローンを半分に……by私」

「マジすか⁉」

「ただそばにいてさ、何にも話さなくてもわかり合えると思ってたわ。両親がそうだったし」

「理想の夫婦が自分の親とかすげえ」

「………」

「いやー、でも橙花さんと結婚とかマジ幸せっすよ旦那！」

「いやいや……」

「だって俺ずっとかわいいと思ってたっすもん。中二の時、用もないのに家行きすぎて、すげー翠にうざがられたし」

「確かにやたら来てたよね、伊勢エビ持って」

「俺のアイデンティティーっすから。あっ、マスター同じのください。ほら飲も飲も！」

「エビオさ、うちのこと知ってんの？」

「え？」

「ほら、父さんのカッコとか……」

「あぁ、知ってますよ。つーか島民みんな知ってんじゃないっすかね？」

「そうなの……？」

「なんか最初はみんな戸惑ってましたけど、おじさん普通にしてるし、まったく変わらないどころか、なんか楽しそうで。だからまあ、こっちも今まで通りにしてりゃいっかって」

「いやいやいや……」

「まーいいじゃないすか、とりあえず飲みましょうよ！　ほら乾杯！」

エビオが私のグラスを目の前に差し出す。

お酒の誘惑には勝てず、問題はうやむやなまま、グラスの縁《ふち》を唇に当てて、思いきり傾けた。

ありがとうの明日葉

強烈な頭痛で目が覚めた。

昨日は飲みすぎた。エビオとはお酒の力もあって大いに盛り上がり、私は島に帰って来て初めて気をゆるめていた。

いつの間に帰って、風呂に入って、寝支度をして布団に入ったか記憶がない。いつも寝る前はお酒を飲むけど、ここまでの二日酔いは久しぶりだ。

隣の部屋から声が聞こえる。

襖《ふすま》の隙間から覗《のぞ》くと、目の前にまるい背中がある。

和生さんの背中だ。やっぱり夢じゃなかった、と泣きたいし吐きたい気持ちに襲われる。

台所から弁当を持って来た父は、当然のように母のスカートを穿いて、割烹着《かっぽうぎ》を着ている。

「あ、せーさん、弁当あれ入ってる？」

「ああ、入れといた」

「やったー。あ、それ取って」

父は迷わず座卓の下に置かれた新聞を手にとり、和生さんに渡す。

「さんきゅー」

「そういえばあれ、出しといてくれたか？」

「ああ喪服？　そこに出しといたよ」

仏間の方を指した和生さんに父は「ありがとう」と言う。

「あれ」とか「それ」とか、この人たちの会話は指示語だらけなのに、なぜだか通じあってる。

父と母が、日常の中で繰り返していたやりとりと同じだった。

湯気のたつ味噌汁《みそしる》の匂いが鼻をかすめて、さっきまでの気持ち悪さが少しやわらぎ、代わりに空腹が話し掛けてくる。

ごくりと唾液を飲み込み、空腹を黙らせた。

父の宣言を、母の格好を認めないと決めたのだ。二日酔いで水分と塩分を求める体が何と言おうと、屈するわけにはいかない。

「橙花、朝ごはん食べるか？」

食卓の父と目が合って、慌てて襖を閉める。

「いらん！」

平然と声を掛けてくる父に苛立ち、布団に潜ってやり過ごした。

ドカドカと走り回る足音で目を覚ました。

いつの間にか二度寝してしまっていて、起きた頃には吐き気と頭痛が少しマシになっていた。

まだアルコールの抜けきらない重たい体を起こして、なんとか布団から這《は》い出ると、居間の方から声がした。

「あーもう終わった！　絶対遅刻なんだけど！」

「そんな慌てなくても間に合うでしょーよ」

「和生が起こさないからじゃん!!!」

「だから起こしたっつの！」

「うっさい！　いってきます!!」

大声で言い合っているわりには怒気のこもっていない和生さんとダリアの声は、まるで学生時代の私と翠のやりとりのようだ。朝の家族のこんな会話は、いつまでもどこかで繰り返されるんだろう。

玄関の戸を勢いよく開けたダリアの足音が遠くなる。

「あ!!!」と大声がして、襖が開いた。

ツナギ姿の和生さんが慌てた顔で立っている。

「橙花ごめん！　ダリアに弁当持っていってくんない!?」

「え……」

「ほら俺もう仕事行かなきゃで！　今から準備して学校行けば、せーさんがまだ校門で挨拶してるだろうし、な、頼む！」

手を合わせて懇願する和生さんの勢いに負けて、渋々承諾すると、さっきまで八の字だった眉が山みたいになって、まるい目を煌々《こうこう》とさせながらお礼を言われてしまった。

コロコロと変わる表情は柴犬みたいで、悔しいけれど、なんだか憎めない。

和生さんが家を出た後、顔を洗って適当な服に着替え、母の使っていた三面鏡を開き、メイクをしていく。

地元だし、学校に行くだけだから軽くと、ベースメイクを施し、眉を描き、ブラウンのシャドウをまぶたにのせた。うっすらとオレンジのチークを頰に馴染ませ、最後にポーチから口紅を取り出す。

チークに合わせて、艶のあるオレンジのリップティントを塗った。

アルコールに水分を奪われたカサカサの唇が、みずみずしく染まったのを見て、少しだけ二日酔いから解放された。

学校の正門には和生さんの言う通り、登校する生徒たちに挨拶をする父がいた。気付かれないよう、木の陰に身を隠して様子を窺う。

「おはようございます」

「校長先生おはよーございまーす」

生徒たちは明るく、朗らかに挨拶している。

父の格好は、母が着ていたターコイズブルーのビンテージスーツだ。ジャケットとセミロング丈のスカートはセットアップになっていて、シルエットが美しく映える作りになっている。

首にはスカーフを巻いて、さすがに靴はサイズがなかったのだろう、自分の革靴を履いていてアンバランスなはずなのに、なぜだか父はしゃんとした、気品ある校長先生に見える。

何より不思議なのはそんな父の格好に、登校する生徒たちも、門の近くを箒《ほうき》で掃くジャージ姿の若い教師も、通り過ぎるお年寄りも、誰も何も言わないことだ。

生徒たちは当たり前のように挨拶を交わし、門の中に吸い込まれて行く。

この島の人たちには魔法とか催眠術がかかっているんだろうか、それとも私だけがおかしいの？

シャッター音がして目をやると、ダリアが父にスマホを向けていた。父はダリアを注意するでもなく、呑気《のんき》に笑顔でピースしている。

「ついてくんなって！」

校門に続く道の向こうから声がした。

見ると、男子生徒と自転車を押す郵便局員がやって来る。

「そんなこと言うなよ」

「学校まで来るとかマジやめろって！　おかしーだろ！」

「だって家でも話出来ないからこうやって……」

「だから無理して構わなくていいって！」

「夏野《なつの》さん、おはようございます」

「校長先生、おはようございます……」

ふたりの言い合いを止めたのは父だった。

頰がこけ疲れた表情の郵便局員は、父を見て少し安堵《あんど》したようだけど、男子生徒は父を睨《にら》みつけている。

「瀧、おはよう」

父に声をかけられるやいなや、瀧と呼ばれた男子生徒は踵を返して走り去ってしまった。

「瀧！」

ダリアの声は届かず、背中はどんどん遠くなっていく。

彼の父親であろう郵便局員は、申し訳なさそうな顔で父と立ち話をして、自転車にまたがり去っていった。

チャイムが鳴って、父もダリアも校舎の方へ向かっていく。私は和生さんに託されたダリアのお弁当を遅刻寸前の生徒に渡し、届けてくれるよう頼んだ。

三回忌は明日で、特にやることもないから海沿いを歩いていると、そういえば、と思い出した場所があった。

枯れた落ち葉に滑りそうになったり、草が脛《すね》に触れてぞわぞわしたりしながら、長い階段を上って神社に着いた。

私が島にいた頃から寂れていたけど、生長した木の蔓《つる》や鳥居の朱《しゅ》の面積がほとんどなくなっていることに、過ぎ去った年月を感じる。

この様子じゃ、神社の奥の階段は下りられなくなってるんじゃないかと思ったけど、意外にもまだ階段の形は残っていて、うっすらと足跡もある。

こんな辺鄙《へんぴ》なところに来る人間が今もまだいるんだ。下りていくと、小さな入り江が昔と変わらずそこにあった。

岩に囲まれて円形になった入り江は、島の周りの海がスカイブルーなのと違って深いエメラルドグリーンで、一箇所だけある岩と岩の途切れ目からしか海水が入ってこないから、驚くほど穏やかだ。

子供の頃、この小さな島にはひとりになれる場所がほとんどなかった。

家も学校も公園も神社も、山も丘も海も、ひとりだと思っていても必ず誰かの目に映っている。

それが近所に伝わって「橙花ちゃんが何か悩んでる」だの「非行の始まりでは？」だのと、今思えば心配してくれていたのだろうけど、自分の意思に反して勝手な噂《うわさ》をされることに嫌気がさしていた。

そんな時、偶然山へ続く細い道を見つけて神社を通り、この入り江を見つけた。

心からひとりになれる、唯一の場所だと思った。

そんなに頻繁ではないけれど、友達や翠とケンカした時や、もやもやした霧が心にかかった時、どうしようもなく寂しいけど、誰ともいたくない時なんかに、ここに来て海を眺めていた。

だけど島を出ると決めた中二の秋、何気なく入り江に来ると、今まで気にならなかった岩に囲まれた海に、窮屈さを感じた。

完全に包囲されているわけじゃないけれど、岩と岩の隙間でしか大きな海に繋がっていないと思うと、急にこの小さな海に魅力を感じなくなってしまった。

きっと、そういう時期だったんだろう。

十五歳で島を出るということは、これからもっともっと大きな海を泳いでいかなければいけないということだった。

いつだって寄り添って癒してくれた小さな海よりも、私の未来への期待と不安は大きかった。

それ以来、島に戻ることはあっても、入り江には近付かないようにしていた。

小さな海は、勝手に去った私のことなど気にも留めずにそこにあった。

砂浜に打ち上げられてそのままになっている一艘《そう》のモーターボートの上に、制服の白シャツの背中が見えた。

綺麗《きれい》に切り揃《そろ》えられたマッシュルームカットには見覚えがある。

そうだ、さっき校門の前で「瀧」と呼ばれていた男の子だ。

思い出した勢いで声を掛けると、振り返った瀧くんは、怪訝《けげん》そうな表情を浮かべて、

「ナンパですか?」

と言った後、すぐにスマホに目を移した。

おとなしそうな見た目なのに、高校生らしくちゃんと生意気なのがおかしくて、つい笑ってしまう。

「ダリアの友達でしょ？　さっき高校で見たよ」

「……ストーカーかよ」

スマホに目を落としたまま、瀧くんは呟く。

急に声をかけたら「ナンパ」で、見かけたと言えば「ストーカー」か。

「名前って、何にでもあるんだね」

振り返った瀧くんが目をまるくしている。何か気に障《さわ》ることでも言ったかな。

彼はうつむいて、下唇を少し噛んだままボートを降りて海の方へ歩いて行ったから、私もついていく。

「学校、行かなくていいの？」

「……変なのがいるからヤダ」

「変なのって？」

瀧くんが私の方へ向かって来て、スマホを差し出す。

見るとインスタの画面だった。アカウント名が「dariagram.17」だから、ダリアのアカウントなのだろう。

並んだ小さな写真をタップすると、父の写真が表示された。

指先でスクロールしていく。校門の前でピースする父、食卓で新聞を読む父、和生さんと居間で団欒《だんらん》する父、台所に立つ父……。

どれもこれも、母の格好をしていた。

あろうことか「いいね！」を表すハートマークはどの写真にも五千件以上ついていて、多い時には二万件も「いいね！」がつけられていた。

「な、おかしいだろ」

「よかった！　私がおかしいのかと思った！　そうだよね!?　それが普通の反応だよね!?」

島に来て初めて、父の姿に疑問を持つ人間と出会えた嬉しさで、思わず瀧くんの肩を摑み、ゆさぶっていた。

同志としてこの喜びを分かち合えるかと思ったが、瀧くんは急にテンションの上がった私に舌打ちを一つして、靴を履いたまま海へ歩き出した。

「普通とか知らないけど、俺はヤダ」

グレーの制服のズボンが膝まで海に浸かり、黒くなっている。

「俺は少数派だから生きづらいよ」

そうか、父の格好を受け入れられない瀧くんや私は、この島では少数派なのだ。

思春期特有の言葉選びに、くすぐったい気持ちになったことがバレないように「だよね」と、彼と同じテンションで同調する。

「瀧くん、ここ好き？」

「………」

「私、ここはあんまり好きじゃなかったなあ。海は広いとか言うけど狭いじゃん？　って」

「……お前なんかどこへも行けねえよって言われてるみたいで、むかつく」

「あー、それそれ！」

岩の途切れ目、入り江と海の境界を眺める瀧くんの背中から発せられる空気が、少しだけやわらいだ気がした。

「なんでここ知ってんの」

「私も昔、よく来てたから」

「島の人？」

「そう、中学までね。高校から出ちゃった」

「ふーん。今は？」

「銀座で化粧品売ったり、お客さんにメイクしたりしてる」

「なんで？」

「何が？」

「なんでメイク？」

父のことで共感したからか、少しだけ心を許してくれたようだ。

私は、初めて母に化粧をしてもらった時のことを思い出した。

母は、レトロでかわいいものを好み、キッチンには母の「好き」が詰まっていた。ひまわりの真ん中みたいな色の鍋、レモン色の椿《つばき》が描かれたポット、ガーベラの咲いた砂糖入れ、モネの描く水面のような淡い色の丸いやかん。

すべての色や柄、形に、母のセンスとユーモアがきらきらと光っていた。

母はいつもキッチンの片付けが終わると、踊るように食器棚の前に立ち、引き出しから口紅を取り出し、ガラスを鏡代わりにして、紅を引いていた。

唇を彩るその仕草は、まるでおとぎ話のプリンセスを見ているようだった。

七歳の夏休み、母が買い物に出かけている間に食器棚の引き出しを開けて、母のお気に入りだった口紅を見よう見まねで塗ってみたことがある。

私はそれまで口紅はお菓子みたいなものであり、真っ赤なリップは、あまい苺《いちご》の味がすると思っていた。

唇に赤をのせてぺろりと舐《な》めてみると、それは甘くもなんともない上に、味わったことのない苦味が舌に広がった。

「これが……おとなの味……」なんてバカみたいに固まっていると、いつの間にか、キッチンの入り口に母が立っていた。

咄嗟《とっさ》に「怒られる！」と身構えた私に、母は、

「橙花かわいい！　でもそれじゃQちゃんみたい」

と言って、大笑いした。

唇から大きくはみでた口紅は、オバケのQ太郎そっくりだったのだ。

母は私の前に膝をつき、ティッシュで唇を拭った後、やさしく丁寧に紅を引いてくれた。

小さな口元に大きな花が咲いたように、食器棚のガラスに映った自分がプリンセスに変身した瞬間だった。

「ああそっか、母さんは魔法つかいだったんだって思ったの」

海の一点を見つめながら、私の話に相槌《あいづち》を打つわけでも、無視するわけでもなくただじっと聞いていた瀧くんは、静かな入り江の波にも消されそうなほど小さな声で「いいなあ」と呟いた。

白いシャツの背中が、よくここへ来ていた時の自分と重なる。

イタズラ心が芽生えた私は、そっと海に入って、思い切りその背中を押した。

勢いよく瀧くんが顔から海に突っ込んだのがおかしくて笑っていると、びしょびしょの彼がずんずん向かって来て、今度は私が押し返された。

ふたりとも服を着たまままずぶ濡れになって、ぎゃあぎゃあと奇声を発しながらお互いを海へ押し倒す。

もし私がここにいた頃にこの子と出会っていたら、こんな風に寂しさを打ち消す方法もあったんだろうなと思いながら、子供みたいにはしゃいだ。

太陽が真上に昇り始める頃、瀧くんとふたりで海沿いの道路を歩いていると、後ろから来た軽トラックにクラクションを鳴らされた。

翠かと思って、隣に止まった軽トラの運転席を見ると、丸いサングラスをかけた和生さんが不思議そうにこっちを見ていた。

「お前ら何してんの」

「あ、和生」

「え、瀧くん知ってんの？」

「うん」

そういえばこの島は狭いし、ダリアの父親なんだから、知っていて当然か。

「瀧、お前また服のまま海入ったのかよ、元気だなー」

「今日はこの人に押された」

「橙花、そういうとこあるもんな〜」

「昨日会ったばっかかなんですけど……」

「お前ら、乾かすついでに後ろ乗りな！」

私と瀧くんが軽トラの荷台に乗り込むと、和生さんは勢いよくアクセルを踏んだ。

海沿いの道だから、車のスピードに応じて風はどんどん強くなる。三分もしないうちにびしょびしょだった髪は、ほとんど乾いていた。

軽トラの後ろに乗るなんて中学生以来。嬉しくなって「あー！」と、大声で叫んでみる。

「うるさいんだけど！」

「いーじゃん、久しぶりなんだから！」

「ねえ和生、この人ほんとに大人？　ガキすぎんだけど」

「あんたも反抗期のガキじゃん！」

運転席から「お前らどっちもガキだわ！」、和生さんの笑い声が聞こえた。


瀧くんを学校へ送った後、和生さんに連れられて山の上の明日葉畑へ行くと、農家のおばさんが「和生ちゃん待ってたよー！」と手を振った。

私も「あら橙花ちゃん？　久しぶりじゃない！」と言われて曖昧な笑みを浮かべていると、手袋を渡されて、生い茂る明日葉の収穫を手伝うことになった。

明日葉はこの島の名産で、青々とした緑色の葉だ。

天ぷらや漬物にして食べると、シャキシャキの歯ごたえがおいしい。

和生さんとおばさんたちは、わいわいとお喋りしながら収穫して、背負った籠がいっぱいになると、和生さんは茶色い封筒と一緒に「これお裾分け！」とスーパーの袋いっぱいに入った明日葉をもらい、畑を後にした。

次に向かったのは島に唯一あるスーパーで、ここでも和生さんは坊主頭の店長に「待ってたよ！」と声を掛けられ、スーパーの制服のベストを着て、慣れた手つきでレジ打ちを始めた。

なぜか私もレジに立って、店員のおばさんの補助をしていた。

和生さんは店長や店員、お客さんみんなと楽しげに会話して「今度うちもお願いね」なんて言われると「はいよ！」と、寿司屋《すしや》の大将みたいな返事をしていた。

レジのピーク時間を過ぎると、和生さんは店長に「和生ちゃん、ありがとね。あとこれ、夕飯にして」と言われながら茶色い封筒と、魚の入った発泡スチロールを受け取り、目を輝かせながら「やったあ」と、軽トラに乗り込んだ。

その後も商店の看板を磨いたり、海沿いの花壇の土を替えたり、屋根の上にのぼって掃除したり、買い物の代行をしたりと、和生さんに連れられて島中を巡った。

どこへ行っても和生さんは「和生ちゃん、待ってたよ！」と迎えられ、「和生ちゃん、ありがとね！」と笑顔で送られる。

行く先々でお金とお礼の品をもらっていたから、軽トラの荷台はすっかりにぎやかになって、私は途中で助手席に移った。

「和生さんって、便利屋ってやつですか？」と聞くと、「そーだよ。なんでも屋って、俺は言ってるけどね」と、サングラスを外して自慢げに言った。

やっと落ち着いた頃にはもう太陽が傾いていて、各所でおにぎりやお菓子やお茶をいただいたからお腹は減っていなかったけど「そろそろ休憩すっか」と和生さんが言った時、ほっとした。連れまわされて、体は疲れている。

軽トラで向かった先は、足を踏み入れたことのない、あの教会だった。

和生さんが鍵を開けてずんずんと中へ入っていくのを見て「いいんですか？」と声を掛けると、「前までいた牧師のおっちゃんが預けてくれたんだよ」と秘密基地に案内する子供みたいに、にやりと笑った。

入り口を入ってすぐの階段をみしみしと音を立てながら上ると、教会なのに襖の和室があって、そこには座卓や服やギター、湯沸かし器、寝袋や漫画も転がっていて、思わず「ここ、誰か住んでるみたい……」と呟いてしまうほど生活感が溢れていた。

和生さんは畳の上にどっしりと腰を下ろし、座卓に弁当を広げ始めた。

弁当箱は二つあって、一つは卵焼きやウインナーにトマト、ごはんには梅干しが載っていて、もう一つはあんこときなこのおはぎが入っていた。

「ほら、食う？」

おはぎの入った弁当箱を差し出される。

「いや、大丈夫です……」

「なんだ、橙花もおはぎ苦手？　せーさんも苦手だろ」

「え？」

そんなはずはない。だって父はいつも、母の作ったおはぎをほおばっていた。

そう言おうとすると、和生さんはおはぎを一口食べて、

「ここさあ、住んでたの。俺とダリア」

さっきの私の呟きに対する答えを明かした。

「俺さあ、福島《ふくしま》で漁師やってたんだけどさ、まあほら。そっからトラック乗ったり居酒屋とか清掃とか色々してたんだけど、ダリアがひとりで過ごす時間多くてさ、あんま良くねーなって。だから三年前に心機一転、なんのアテもなくこの島来て〝なんでも屋〟始めてみた。最初はやっぱ誰も知り合いいねーし、島の人たちも警戒すんだろ？　そのうちせーさんが、牧師がいなくなったからってここ住めるようにしてくれて、学校で清掃させてもらったり、知り合いに紹介してくれたりしてさ。校長っつーか、それこそ牧師みたいだよな」

口元にあんこをつけながらガハハと笑う和生さんに、思い切って父とのことを聞いて

みた。

「あの、父とはいつから……」

「あー。橙花のかーちゃんが亡くなってからだな、よく喋るようになったの。ここで茶飲んだり話したり」

「……父はその……ゲイだったんでしょうか」

「あー……いやさ、母親になりたいっつったでしょ、あの人。あれ、ガチだと思うんだよな」

「…………」

「俺さ、ここに住んではじめの頃はマジで金なくて、晩飯がダリアの持って帰った給食のパンだけとかザラで。そしたらせーさんが、飯食いに来いって言ってくれてさ」

涙のできたておはぎ

せーさんに初めて飯食いに来いって誘ってもらった夜、いつもは海の近くに湧いてる無料開放の温泉に入ってた俺とダリアは張り切って、久々に銭湯へ行って頭の先からつま先までしっかり洗った。

前の日に洗濯したTシャツとズボン、ダリアは前の学校のジャージ着て、意気揚々とせーさん家《ち》に行ったんだ。

だけど玄関に現れたせーさん見てびっくりしたね。いつもはぴしーっとスーツ着て校長先生やってるせーさんが、水色の花柄のワンピース着てて。

恥ずかしそうにちょっともじもじして「いらっしゃい」って言うんだもん。俺もダリアも思考停止よ。

だけどすぐに、台所からめちゃくちゃいい匂いが漂ってきて、しばらくまともなもん食ってなかった俺らはそれでノックアウト。

とりあえず食卓に座ってたら、割烹着着たせーさんが次から次へと料理を運んできてくれた。

　山盛りの唐揚げとエビフライ、くたくたに染みた大根の煮物、その日に獲れた魚の刺身、明日葉と豚肉炒《いた》めたやつ、あとサラダと味噌汁、そんでジブリ映画に出て来るみたいに茶碗に盛られたごはんがあってさ、天国ってこのことか？　って思ったね。

「好きなだけ食べてくれ」

　せーさんがそう言った瞬間、ダリアがエビフライに箸を伸ばそうとしたんだけど、一旦制止して「ダリア、落ち着け」って言った。

　こんな豪勢で美味そうな料理は、二度と食えないかもしれないと、しっかり見て脳に焼き付ける。

　腹が減った時に、この光景を思い出して乗り越えられるようにしておくためだ。

　そして次に匂い。これは本当に大事だ。だって日暮れどき、どっかの家から漂うカレーの匂いって、本物のカレーよりも美味そうに感じるから。

　だからまずは、匂いで味わう。

　唐揚げとエビフライのジューシーな香ばしさ、大根の煮物の豊かな甘み、刺身にだって匂いはあって、新鮮な刺身は清々《すがすが》しい海の香りがほのかにする。

　炒め物は醬油《しょうゆ》と明日葉が絡み合って絶妙だし、味噌汁は湯気だけでもう幸せ。

　最後にごはん。つやつやの米が一粒一粒おいしくなってるって、奇跡みたいなもんなんだ。

ただじっと料理を見たり、目をつむってスーハーと匂いを嗅いでる俺たちを、せーさんは嫌な顔一つせず見ててくれた。

そして見る、嗅ぐ、が終わった俺とダリアは同じタイミングで「いただきます！」と言い切る前に、唐揚げとエビフライを口の中に放り込んだ。

俺の口の中では唐揚げがじゅわっと肉汁を弾けさせて躍った。

ダリアはエビフライのエビがあまりにもぷりぷりで、生きてるかと思ったたって。

堰《せき》を切ったみたいに、俺たちは次から次へと料理を口に運んで、頬がぱんぱんになるまで詰め込んで、喉が詰まるほど勢い良く飲み込んだ。

さすがのせーさんも、その時は目をまるくして、呆然と見てた。

ダリアがごくごくと喉を鳴らしながら味噌汁を飲んで、俺が山盛りのごはんを三杯おかわりした後、せーさんは「よかったらこれも」と言って、おはぎが載った皿を持って来た。

口の中の明日葉と豚肉を固形のまま飲み込んで、俺はすぐにおはぎに手をつけた。

一口ほおばった瞬間、思わず唸《うな》った俺にせーさんが「どうした？」って聞いてきて、俺が喉に詰まらせたかとか、口に合わなかったかとか不安になったらしい。

「なんだろこのおはぎ、すげー美味い。なんつーか、懐かしい味っつーか……」

そう言うとせーさんは、満天の星みたいに目をキラキラさせて「ほんとか？」と身を乗り出した。

「実はな、ひとりになってから、家事も料理も、ずいぶん練習したんだ。今まで母さんに任せっきりだったから、こんなに大変なもんかって痛感したよ。練習してやってみて失敗して、繰り返してるうちに、だんだん出来るようになって。掃除も洗濯も料理も上手くいき始めたんだけど、おはぎの味だけ、なんか……違ってな。それで試しに母さんの格好してみたら、母さんのおはぎと同じ味になって……」

伏し目がちにはにかむせーさんは、それまでも善い人だと思ってたけど、いつもよりずっとやわらかい、春の太陽みたいだった。

亡くなった奥さんを思って、その人の格好までして、びっくりするくらい不器用だけど、せーさんは本当にやさしい人だ。

もう一口、おはぎを口に入れた。

こんなに甘いものを食べたのも久しぶりだったし、せーさんのおはぎはしびれるほど美味かった。

それに、おはぎなんて食べたのは、まだばあちゃんが生きてた頃だった。

ばあちゃんは、俺とダリアが買い物に行ってる間に、波に流されていなくなった。

幼馴染みも漁師仲間も世話になった先生も、ダリアの同級生も昔好きだったあいつも、家も町も波にのまれて、ばらばらになった。

悲しいなんて通り越すくらい悲しくてしょうがなかったけど、仮設に住み始めて三年、バカみたいに働いて明け方に帰る日々が続いた頃、いつものように朝になって仮設に戻ると、遺影代わりにしてたばあちゃんの似顔絵を抱きしめて眠るダリアがいたんだ。

赤ん坊みたいにぷっくりした頬には泣いた跡が残ってて、俺は動揺した。

「捨て子のダリア」なんて、近所の鼻くそ太郎に言われた時も泣かなかったダリアが、ひとりで泣いてる夜があったんだ。

それを見て、俺はあの日を思い出した。

十四年前の蒸し暑い七月、家の前に置かれた段ボールの中、タオルにくるまれて眠る赤ん坊。

段ボールの蓋の裏面には『和生へ　ごめん。よろしくお願いします。』とだけ書いてあった。

情けない話だけど、当時の俺は考えなしで幼稚だったから、仕事の時以外はずっと遊び呆けていた。そのせいで、この子の母親が誰なのか、はっきりとは見当がつかなかった。

恐る恐る、すやすや眠る小さな赤ん坊を腕に抱いた時、庭から顔を出したばあちゃんが「和生、庭にダリアが咲いたよ」って言ったんだ。

「ダリア」

口に出した瞬間、赤ん坊はぱちっと目を開いて俺を見た後、大きな声で泣き出した。

泣き声を聞いて、俺の腕の中を見たばあちゃんは大慌てだったけど、俺はその時、この子と一緒に生きて行くって決めたんだ。

「和生、そんなのお前の子じゃねえかもだろ」なんて言われたこともあるし、俺の背中で眠るダリアの耳を塞ぎたくなるくらい、ひどいことを言われたこともある。

まあ確かに、でっかくなったダリアを見てるとつくづく俺には似てねえなとか思うし、薄いブラウンの髪と目、なげー脚や雲みたいに白い肌、頰に散ったそばかす、見れば見るほど、日本人離れしてるような気もする。

もしかしたら、ダリアは俺の子じゃないかもしれない。

だけどそんなことはどうでもよくて、俺は嬉しかったんだ。

ダリアが生まれて、俺と出会った。

それだけで、じゅうぶんなんだよ。


だから、お守りみたいにばあちゃんの似顔絵を抱くダリアを見て、もうこれ以上、ダリアをひとりにさせたくないって思った。

この島に来て、金もないし知り合いもいないし、しんどいこともたくさんあったけど、何よりダリアと一緒にいられた。

文句言いながらも、俺のどんなにしょうもない言葉にもダリアは腹を抱えて笑ってくれて、これでよかったんだと思えた。

そんなことを思い出してたら、せーさんが作ったおはぎがちょっとしょっぱくなって、俺は泣いているんだと気付いた。

ダリアがおはぎをほおばりながら背中をさすってくれていて、その手のあたたかさにまた泣けた。

せーさんは、俺たちを見ながら目を赤くして言ったんだ。

「和生、ダリア。ここに来てくれてありがとう」って。

あぁ、ずっとこんな光景が続けばいいな、って思ったんだ。

＊

「なんか俺ばっか喋っちゃったな、わりーわりー」

和生さんの人生には、たくさんの物語と、私の知らない父がいた。

母が死んだ後、父は家にひとりだった。

どこかで漠然と、父はひとりでも大丈夫だと思っていた。

「……なんで父と、一緒になろうと思ったんですか」

「俺さあ、家族が欲しかったんだよ。ダリアと一緒にいるって決めたけど、これから先もずっとふたりだけでやってけるか正直怖くて……だからせーさんが母ちゃんになるって言った時なんか……すげーって、俺、この人と家族になれんだって、嬉しかった」

「なんか……利用し合ってるみたい」

「あー、家族が欲しい俺と、奥さん亡くして寂しいせーさんが利用し合ってる？」

「……うん」

「そんな風に思ってなかったけど、まー別にいいんじゃねえの？　それでも」

「だめでしょ」

　時也くんと別居中の、結婚が何かもわかっていない私が言えたことじゃないかもしれないけれど、答えが欲しかった。

　和生さんなら、その答えをくれる気がした。

「んー、家族になるって別にさ、女とか男とか恋とかセックスだけじゃなくて、なんつーか、愛さえあればオッケーだと思う」

　十字架を見つめながら呟いた和生さんの横顔に、言葉が詰まる。

「いろんなモンなくした俺たちに、愛だけくれたんだ、せーさんは」

　愛だけくれた。

　それはきっと、和生さんもダリアや父に、同じようにしてるからだ。

誰にでも当たり前に出来ることじゃない。

少なくとも、今の私には出来そうもない。

教会を出て家に帰るともう日が暮れかかっていて、玄関を開けると廊下が橙《だいだい》に染まっていた。

「ただいま」

誰もいないのか、家の中は静まり返っている。

帰って来てから、どこにいても落ち着かなかったけれど、誰もいないひとりの家は、がらんとしていて、少し心細い。廊下の向こうに見える台所が、夕日に照らされ別世界のように明るいのを眺めていると、誰かが過《よぎ》った。

恐る恐る廊下を歩いて、台所の前で立ち止まる。人がいた。

思わず体が硬くなるが、その後ろ姿には、見覚えがあった。

細い足首に小さなお尻、頼りない肩幅とは反してまっすぐに伸びた首。

その人は踊るような足取りで、台所の中を移動する。

割烹着を脱ぐと、すみれの花が咲いたワンピースが揺れた。

食器棚の引き出しを開けて、口紅を取り出し、ガラスを鏡にして紅をさす……。

それは紛れもなく、母の横顔だった。

「…………」

台所は、たちまち母の匂いで溢れて、鍋や食器たちも、命を得たように嬉しそうにしていて、今にも歌い出しそうだ。

手を伸ばせば、声を出せば、母がこっちを向いてくれるはずなのに、私の体はぴくりとも動かない。

まるで水族館の水槽の中を見ている気分になる。

目には鮮明に見えているのに、透明の壁に隔てられた向こう側に、私は触れることが出来ない。

瞬きをすると、母の姿が消えた。

つま先に何かが当たって目をやると、足下に口紅が転がっていた。

拾い上げると指先に、わずかなぬくもりを感じた。

仲間はずれのカレーパーティー

「父さん、野菜持って来たよ！」

夜、お風呂からあがると、翠がやって来た。

今日はサムザナさんの誕生日らしい。

誕生日会のため、父と翠は台所で楽しそうに何かを作っていて、和生さんとダリアが居間で鼻歌を歌いながら折り紙で輪っかを作っている。

居心地が悪くて外で煙草を吸っていると、玄関から顔を出した父が、

「橙花、物置から大皿取って来てくれるか」

「…………」

未だに父とは、まともに会話を出来ずにいる。

なのに、父は何もなかったように話し掛けてくるから、余計に腹がたつ。

テーブルに並んだ見慣れない食べ物から、カレーの匂いがする。

大皿の真ん中にお椀形に盛られたごはんの上に魚のフライ、その周りを囲むように、ペースト状のルーや野菜を細かく刻んだサラダ、豆を煮たものなどが並ぶ。

戸が開く音と、翠の「サッちゃん来たよー！」という声が響く。

翠に目隠しをされたサムザナさんが「ちょっとお、何!?」と楽しそうにやって来た。

サムザナさんが席につくと、翠が「せーの！」と合図して、みんながクラッカーを弾けさせた。

「サッちゃん、誕生日おめでとう！」

サムザナさんは、みんなの笑顔と飾り付けられた居間を見渡して、ただでさえ大きな目を飛び出すくらい開き、「嬉しとう!!」と、おそらく「嬉しい」と「ありがとう」が混ざった言葉で感激していた。

「今日はサムザナの誕生日だから、故郷の料理を作ってみた」

「嬉しい！」

「あれ、スプーンねえじゃん。俺取って来るよ」

和生さんが席を立とうとした瞬間、父が「これは、手で食べる」。

みんなが「え？」という顔をする。

「せっかくだからスリランカの食べ方で。いただきます」

「いただきます！」

躊躇《ためら》いなくカレーを手で食べ始めた父とサムザナさんに倣《なら》って、みんな恐る恐る手でごはんを掴み、ルーと混ぜ合わせて口に運ぶ。

「ん！　うめぇ！」

「手で食うのウマ！」

「ちょっとふたりともこぼしすぎだから！」

ボロボロとごはんをこぼしながら食べる和生さんやダリアを見て、翠が笑っている。するど、笑い声の中にすすり泣く声が交ざる。

「サッちゃん？」

サムザナさんは胸を押さえながら、聞いたことのない言葉で何かを呟いた。早口なのもあって、前半はまったく聞き取れなかったけど、最後に「ダーサイ！　ダーサイ！」と繰り返したのだけはわかった。

「え、何て？」と和生さん。

「俺もわかんない」と、頼りになるはずの翠が言った。

「『あなたたちは素晴らしい家族です。おいしい、おいしい！』って言ったんだよ」

なぜか父が、サムザナさんの言葉を訳した。

「そうです！」

「父さん、なんでサッちゃんの言葉わかんの!?」

「ドントサンク、フィール。だな」

「せーさんすげえ！」

「think」じゃなくて「think」ですけど……、とツッコむことも出来ず、和気藹々《わきあいあい》と楽しげな食卓はまたも、私を置いて進んでいく。

仕方なく、指にすくったカレーをひと舐めする。

スパイスの効いた味は、私の舌をひりひりと焼く。

カレーはスプーンで食べたいことも、そもそもスパイス系の食べ物が苦手なことも言い出せずに、お皿の周りに添えられた細切りの人参《にんじん》をぽりぽりと口に運ぶことしか出来ない。

ああ、お腹が減った。さっきから小爆発みたいな音で腹の虫は鳴き続けている。そういえばこの島に来て、伊勢エビ以外のものをまともに食べていない。

母の格好をした父が作った料理を食べずにいることが、せめてもの反抗になればと思って父を睨むが、視線はむなしく、父の笑顔の中に溶けていった。

＊

「ダリア食べる？」

「何味？」

「さー、色々入ってる」

全校生徒五十人が集まる朝礼が始まるまでのそわそわした時間、リカが買ったばかりのガムをくれた。

手のひらにころんと飛び込んできた小さなガムの包装を開けると、ピンク色だった。

「あ、それ桃じゃん？」

「やったー」

口に放り込むと、あまくてジューシーな桃の味が広がった。

チャイムが鳴って、教頭先生が壇上に上がると、お調子者の一年生が「校長先生は？」と声をあげた。

「校長先生は、奥さんの三回忌でお休みです」

みんな口々に「三回忌って何？」「いいなー、俺も休みたい」とざわめきだす。

「あれ？　ダリア行かなくていーの？」

リカが不思議そうに聞く。

「いーの。絶対寝ちゃうし」

「それなー」

本当は行った方がよかったんだろうけど、ダリアは一日でも多く瀧に会いたいから、皆勤賞を狙ってるってゴマカして学校に来た。

だけど、肝心の瀧が朝から見当たらない。

昨日は寝る前にＬＩＮＥしたけど未だに既読はつかないし、まあよくあることなんだけど、なんとなく心がざわざわする。

教頭先生の話に飽きてきた頃、体育館の扉が開く音がした。

その瞬間、壇上でスピーチする教頭先生も、ひそひそとお喋りをしていた生徒たちも、全員が扉の方を見て静まった。

静寂の中に、足音だけが響く。

並んでる生徒たちを掻《か》き分けて、ピンク色がこっちに向かって来る。

口の中の桃ガムの味が、ぎゅっと濃くなったような気がした。

眩しくて、やわらかくて鮮やかなベビーピンクが、ダリアの目の前まで来た。

「ダリア、おはよう」

少し掠《かす》れた聞き慣れた声。やっぱり瀧だったんだ。

いつもは挨拶なんかしないくせに、どうして今日は「おはよう」なんて言うの。

瀧のピンクに発光した髪の毛から視線を移す。

口元には、紫色の痣《あざ》がある。

なんでだろう、上手く息が吐けない。肺に石が詰まったみたいに、重い。

瀧の目が、まっすぐにダリアを見る真っ黒い瞳が、今にも泣き出しそうだからかな。

嵐の前の天ぷらそうめん

大皿に盛られた天ぷらと、水を張ったガラスの器に入ったそうめんを、戦《いくさ》の前みたいに無言でむさぼるように食べる私たちは、外から見たらちょっと異様だろう。

和生さんが、明日葉の天ぷらが大きくてめんつゆの器に入らない、入らないとぼやいて苦戦している。

翠はサムザナさんの皿に、彼女の好きな磯辺揚《いそべあ》げを取り分けながら、掃除機みたいな勢いでそうめんをすする。

父はぽりぽりとカブの浅漬けを食べながら、次はどの天ぷらにしようかと、天ぷらの大皿の上に目を泳がせている。

いよいよ空腹が限界に達した私は、エビの天ぷらをめんつゆにつけて、尻尾ごと咀嚼した後そうめんをすする。口の中がすっきりとしたら、また天ぷらを食べたくなる。

「あ、橙花、尻尾まで食う派だ?」と、和生さんが茶化すように言う。

「ええ、まあ」

「すげー。俺、尻尾食えないんだよね」

「俺も。サッちゃんもだよね？」

「そうだねー」

「尻尾食えるのせーさんと橙花だけじゃん。やっぱふたり、似てるもんな」

「やめてよ！」

たかがエビの尻尾を食べられるだけで似てるなんて、心外だ。

「そういや、おばさんたちいつ来んの？」

口の中にそうめんが入ったままの翠が父に尋ねる。

「二時頃来る。みんな、準備手伝ってな」

和生さんと翠とサムザナさんが、子供みたいに口を揃えて「はーい」と返事した。

昼食を終えて、父と翠とサムザナさんは会食の準備で台所に立ち、私と和生さんは居間と仏間の片付けをして、襖を外したり座布団を敷いたりした。

手が空いたので表に案内板を立てかけに行くと、さらさらと髪が揺れて、風が吹いたことに気付いた。

風はやわらかく、心地よかった。

瀧は結局あの後すぐ保健室に行って、教室に来たのは午後の授業が始まってからだった。

＊

いつにも増して静かで、話し掛けんなオーラをずっと放ってた瀧に話し掛ける勇気なんて誰もなくて、みんなじっと見てるだけだった。

最後の授業が終わって振り返ると、瀧はもう教室から出て行くところで、声も掛けられなかった。

リカに「どんまーい」って肩を叩かれて別れた後、いつものように家庭科準備室へ向かう。

ミシンがきちんと収納された棚の上の段ボールには、ダリアの夢が詰まってる。

カラフルなレースやたくさんの色や柄の布、なめらかで光沢のあるサテン生地、色とりどりの糸やビーズ、スパンコール、作りものの花。

かわいいものしか入っていないこの箱は、ダリアの秘密の宝物。

裁縫は、ばあばが生きてた頃教えてもらった。

雑誌や動画で見るキラキラしたアイドルにずっと憧れてたけど、元々住んでたところは田舎《いなか》すぎて、かわいい服とかアイドルの衣装なんて売ってる場所がなかったから、ばあばに作ってもらったり、作り方を教えてもらったりした。

先生の家に住むようになって、和生とダリアの生活もだいぶ落ち着いた頃、ミシンを使いたいって言ったら先生が家庭科準備室の鍵を貸してくれて、時間があればここに来て服を作ってる。

半年かけて完成したピンクとミント色をベースにしたフリフリの衣装は、背中にショッキングピンクのレースでハートを作ってつけたのがお気に入り。

スカートは段々になってるから動くたびにふわふわ跳ねて、それが最強にかわいい。

今は二ヶ月前に作り始めた、レモン色のワンピースに淡いパープルのレースをつけた衣装の最終段階で、スカートの上に空色の紗《しゃ》をつけたら完璧じゃない!?　と思ったから、レースでダリアの花を作って、紗に縫い付けてるところ。

今日は水曜日でどの部活も休みだから、校庭の掛け声も軽音部のドラムの音も、コーラス部の小鳥みたいな歌声も聞こえない。

廊下からパタパタと足音がして、窓の向こうをピンクが横切った。瀧だ。

慌てて扉を開けて呼び止めたら、瀧はパンパンになったリュックとスポーツバッグを肩にかけて立ち止まってた。

「瀧、どしたの。今から帰んの?」

「帰らない」

「どういうこと?」

「日が暮れたら島を出る。ダリアも来る?」

「シー、行ける?」

「………」

「うそだよ。島出てどうすんの?」

「とりあえず野宿しながら仕事探す。お金稼いで好きなように生きる」

迷いを打ち消すみたいに、早口で瀧が言った。

「ねえ瀧、口のとこの痣、どしたの?」

瀧の顔が小さくゆがんだ。

「パパとケンカした?」

瀧と、瀧のパパが最近仲良くないのを知ってるから、ふたりの間に何かあったんだろうなと思う。

「なんでケンカしたの?」

「化粧してんの見つかった」

「え?」

「……早く、大人になりたい」

顔をあげた瀧は、窓に映る自分に言ってるみたいだった。

声がふるえてる。ダリアは瀧が本当にどこか遠くに行っちゃうんじゃないかって怖くなった。

「何？」

気付いたら瀧の方へ歩いていて、瀧のほっぺを触ってた。

泣いてるかと思ったけど、瀧のほっぺは濡れてなくて、赤ちゃんみたいにあったかかった。

ピンクの髪が指に当たる。瀧は、なんで化粧してたんだろう。髪の毛をピンクに染めたのはなんでだろう。

聞きたいことはたくさんあるけど、こんな時に限って上手に言葉が出てこないし、何か言ったら泣いちゃうんじゃないかって思うと、余計に何も言えなくなった。

でも、ダリアは最初に見た時、すっごく似合ってるしかわいい！　って思った。今までも、黒くてきれいな髪だったけど、わたがしみたいにふんわりしたピンクは、白い肌によく似合ってる。

きっとメイクだって、ぱっちりした目だから、男の子でもしたくなっちゃうよね。どのユーチューバーでメイクの勉強したのかな。今度ダリアのお気に入りの人も教えてあげよう。なんだか楽しくなってきた。だって、瀧は瀧だもん。

「ダリア？」

上目遣いの瀧が不安そうに見てる。

「髪！　かわいいね。すごく似合ってる！」

急に声を掛けられたから焦って、勢いがついちゃった。

引かれたかもって思ったけど、瀧は目をつむって、ダリアの手にほっぺをすり寄せた。

「ダリアの匂いがする」って言うから「当たり前じゃん」って返す。

「かわいい匂い」

「何それ。瀧だっていい匂いするよ」

「そうかな」

「うん」

赤ちゃんみたいにふにゃっと笑った瀧を見て、最高のアイディアを思いついた。

「ねえ瀧、今メイク道具持ってる？」

「え？　うん」

「ちょっと待って、もうすぐ出来るから」

家庭科準備室に戻って、急いでもう一つの衣装を仕上げる。

「何これ、すご」

マネキンに着せた衣装に瀧は釘付《くぎづ》けで、ばあば以外の人に見せたのは初めてだし、なんだか恥ずかしくて、耳たぶが熱かった。

集中して針を進めると、三十分足らずで衣装は完成した。

「瀧は髪色的にピンクのやつね」

「いいの？」

「当たり前じゃん。ダリアはこっち」

出来立てホヤホヤの衣装を胸に当てると、ワクワクが止まらなかった。

「まだー？」

「…………」

カーテンの後ろで着替え終わった瀧は、なかなか出てこない。

「瀧、見せてよ」

「だって恥ずかしいよ、これ……」

うだうだ言う瀧を無視してカーテンを引っ張ると、ピンクの髪に、ミントとピンクを交互に重ねたフリルの衣装はびっくりするほどマッチしていて、瀧は不思議の国に迷い込んだ妖精みたいにかわいかった。

「瀧かわいい！　すごい、ダリア天才!?」

「ほんと？　変じゃない？」

「全然！　超似合ってる！」

「ダリアも似合ってる」

「やったあー」

瀧のメイク道具を大きな机に広げて、メイクのしあいっこした。

瀧は別人みたいに明るくなって、ダリアには衣装と合わせてパープルのアイシャドウを塗ってくれたり、眉毛を描きながら「かゆいところはございませんか？」なんて言ってきたりするから噴き出しちゃって、すごい形の眉になった。

スマホでアイドルの曲を流して好き勝手踊ったり、手をつないで廊下を走り回ったり、瀧は笑ってて、ダリアもずっとドキドキしてて、まるで夢の国にいるみたい！

見たことないくらい瀧は笑ってて、ダリアはそれが一番嬉しい。

今、瀧がここにいてくれて最高！　ふたりでいれば、無敵だよ。

＊

たくさんの親戚が集まり、母の三回忌は行われた。

親戚たちは、母の喪服に袖を通した父を見て最初はぎょっとしたものの、父のあまりにも自然な佇まいに誰も口を出すことはなかった。

僧侶による読経《どきょう》が終わって、お斎《とき》の席になる頃にはワイワイと賑やかな場になった。

そこで父は、みんなの前で和生さんを紹介した。

「今度、あたらしい家族になる和生です」

「ども！　よろしくお願いします！」

もちろん一同唖然《あぜん》。

沈黙を破ったのは、母の姉である伯母《おば》さんだ。

「何それ、めちゃくちゃおもしろいじゃない！　ちょっと青治《せいじ》さん、もっと早く言ってよお！」

伯母さんはパワフルで、常識や倫理なんかよりも、自分にとっておもしろいか、そうでないかを基準に物事を考える人だった。

子供の頃ペットを飼いたかった母が伯母さんに相談したら「犬とか猫とかハムスターとかはおもしろくない」という話になり、家の裏山にいたタヌキの一家をふたりで手懐《てなず》けたことがあったそうだ。

散歩と称して伯母さんと母がタヌキ一家と島内を闊歩《かっぽ》していたら、観光客が写真に収め、海外の写真展で賞を獲ったと知らせが来たこともあったらしい。

昔から、母から聞く伯母さんとのエピソードが大好きだったし、東京でデザイン事務所を構える伯母さんと話すのは刺激的で楽しかった。

だけど、これは私たち家族の話だ。

さすがの伯母さんも母の姉として、反対するのではないかと密《ひそ》かに期待していたが、新・家族宣言をした父を見る伯母さんの瞳に星が流れたのを見た瞬間、嫌な予感がしたのだ。こめかみがキリキリと痛む。

伯母さんの発言に、すかさず翠とサムザナさんが拍手と指笛を鳴らす。

伯母さんが祝いの音頭をとり、親戚たちは「よくわからないけど、まあいいか」という空気に包まれた。

その後も、伯母さんは大きな声で、

「え、これ青治さんが作ったの？　すごいじゃない！」

「てか、その服すみれのでしょ？　青治さん似合ってるよね」

と、父の料理や服装を褒めちぎっている。

親戚たちと会うのは初めてのはずの和生さんは、持ち前の明るさで笑いの中心にいて、私よりずっと場に馴染んでいる。

「橙花ちゃん、何ぶすっとしてんの？」

すっかり酔っ払った伯母さんが私の元へ来て、ドカッと座った。

「だって伯母さん、嫌じゃないの？　妹の旦那があんな格好して！」

伯母さんは私のコップにビールを注ぎながら、

「いいんじゃないの別に〜。似合ってるしさあ！」

最後の砦《とりで》だったはずの親戚や伯母さんまで、父や和生さんたちのことを受け入れている。

この島に、この家に足を踏み入れた人は、みんな生まれ変わったように心が広くなるのだろうか。それとも、元々心の広い人の集まりなの？

そんなはずはないのに、この家で、私だけが声をあげている。置いてきぼりにされている。私は、家族なのに。

居心地が悪くなって喧騒から離れ、廊下に座ってビールを飲むことにした。

廊下から台所を眺めるけれど、昨日のように母は現れてくれない。

居間の方からは楽しそうな笑い声が聞こえて、一層ひとりぼっちだと感じる。

すると空き瓶を持った翠がやって来た。

「ビールまだある？」

「さあ」

私をまたいで台所へ入る。

どうして翠も父も、こんなにも簡単に境界を越えてしまえるんだろう。

台所は母が何よりも大切にしていた場所で、食器も鍋もポットにだって、母の匂いや面影が残っているのに。

冷蔵庫からビールを取り出した翠は丸椅子に腰掛けて、ごくりと一口飲んだ。

「そんな見られると飲みにくいんだけど」

「早くあっち戻ればいいじゃん」

「いつまでそうしてんの」

「うるさい」

「駄々こねたって父さんはあのままだし、和生さんやダリアちゃんと一緒になるよ」

「……裏切り者」

「何が」

「父さんのこと。なんで母さんのカッコしてるの黙ってたの」

「姉ちゃんが帰って来ねーからだろ」

「……養子は？　なんで反対しないの」

「だって……俺は別にいいと思うよ。愛とか家族の在り方なんて人それぞれだし」

島に帰ってから感じていた翠のどこか達観した物言いに、ずっと見て見ぬ振りをしてきた。

昔からあっけらかんとしていたが、やっぱり彼が変わったのは、サムザナさんと出会い、結婚したからだ。

たったそれだけのことが、同じ人から生まれ、同じ家で同じごはんを食べ成長してきた姉弟の価値観に差をつけてしまうのかと、言いようのない焦燥に襲われる。

「自分が外国人と結婚したからって、寛容ぶらないでよ」

最低だと思いながら、口をついて出る言葉を抑えられない。

翠はため息を一つついて、

「姉ちゃんのそういうとこ……やっぱいいや」

諦《あきら》めたように居間に戻ろうとする翠に対して、怒りがこみ上げる。

「何？」

「別に」

「何なの、自分だけ大人ぶってさあ！　ってか、かわいそうなのは母さんじゃん！　私、母さんになんて言ったらいいか……わかんないんだけど」

「……言えよ」

「何？」

「そのまま言えばいいじゃん、父さんが母さんの服着て、子持ちの男と家族になるって。その子は生意気だけどかわいい高校生で、俺もサッちゃんもみんな元気にしてて、もうすぐ子供も生まれるし良いことばっかだって……言えばいいだろ」

翠は、いつからこんなにも大人になったんだろう。

昔から小さなことで言い合いしては、父や母に止められて、ケンカは当たり前だった。仲直りなんてしなくても、同じ家で、同じ学校に通って、いつの間にか喋って、またケンカして、姉弟を続けてきた。

今はなんだか、すごく遠い。まるで他人みたいに。

喚《わめ》く姉に対して、冷静なまま突き放すこともせず、仕事も家庭も上手くいってる弟。一つ年下の弟を対等、いやむしろ下に見ていた。

薄々感じてはいたけれど、今や、それは埋めようのない大きな差となって、自分に跳ね返ってきている。

「……偉そうに言うな」

精一杯ふりしぼった声は、喉に詰まって、思った以上に情けなかった。

「そっちこそなんでわかんねーの」と言って、居間に戻っていく翠の背中は、大きくて広かった。

愛だけでウイスキー

行きつけのバーで、隣に座る橙花さんが俺の釣った伊勢エビをむさぼり食っている。その迫力はちょっとびっくりするくらいで、だけど伊勢エビの頭をチューチュー吸う姿もかわいいな、なんて思ってしまう俺にも大概びっくりだ。

俺が店に来た時には、橙花さんはもうすでに酔っ払っていて、そっか今日はおばさんの三回忌か、となんとなく橙花さんが荒れている理由を察する。

伊勢エビを吸う橙花さんの写真を撮って翠に送ると、『ごめん。頼んだ』と珍しく殊《しゅ》勝《しょう》な返事がきた。

もしかしたら翠とケンカでもしたのかもしれない。

一つ年上の橙花さんは、俺の憧れの人だ。

こんな小さな島でも、田舎くさい子供はそんなに多くない。

プロサーファーの父と東京でモデルをしていた母を持つ幼馴染みの美波《みなみ》なんて、テレビや雑誌の取材とか芸能事務所のスカウトが来るほど美人だし、親父《おやじ》の親友の娘であるアヤノだってめちゃくちゃかわいいから、観光客に絶対ナンパされる。幼い頃から観光客の目の前でサーフィンをしたりして、子供でも見られることに意識が行くんだろう。

橙花さんは、島の中ではどちらかというと地味な印象だ。

俺と翠はずっと仲が良くて、毎日のように互いの家を行ったり来たりしていた。翠の家で夕飯をご馳走《ちそう》になることもよくあって、おばさんの出してくれる料理は、うちのなんでもかんでもマヨネーズをかけてしまう超マヨラーな母ちゃんの料理と違って、なんていうか素朴で丁寧で、だけど味もしっかり染みてて好きだった。

橙花さんは、小さなことで翠とよく言い合いをしていた。

俺の姉ちゃんは俺にベタベタで、翠はよく「お前の姉ちゃんが特殊なんだよ」と苦い顔をしてたけど、橙花さんみたいな姉ちゃんもいるんだなって、俺には新鮮だった。

中学に入ると、橙花さんと翠はその年頃の姉弟って感じであんまり話さなくなって、橙花さんは飯食ったらすぐに自分の部屋に行くようになった。

夏の夜、飯食って縁側で翠とスイカを食いながら口から種を噴いて遊んでると、翠がクラスメイトの女子からの電話で席を立った。

そういえば翠は女子にモテた。一重のつり目で一見怖そうな見た目と、内面の人懐っこいやさしさのギャップがいいらしい。美波もアヤノも、翠を好きな時期があったくらいだ。

「女子って、昨日まで一緒にバカやってたのに、次の日は態度変わって、全然わかんねーんだよ」と、恋心ってやつを知らない翠がよく嘆いていた。

翠がいなくなると縁側には俺ひとりで、夏の夜風に当たりながら目をつむって寝ころんでいた。

トイレで水を流す音がして、廊下を歩くミシミシという音が聞こえた後、俺の顔に小雨みたいな水が降ってきた。

驚いて目をあけると、俺の顔を覗き込む橙花さんがにんまり笑って立っていて、「なんすか?」と聞くと「なんか気持ちよさそうに寝てたから」と笑った。

橙花さんから話しかけてくることなんて初めてで、俺はドギマギした。

「あんたってさあ、お父さん伊勢エビ漁師じゃん」

「ああ、うんまあ」

「私さあ、エビ好きなんだよね」

「マジすか?」

「マジマジ」

「じゃあ今度、持って来るっス」

「ほんと?　ありがとー!　約束ね」

そう言って、俺は橙花さんと指切りをした。

いつも不機嫌そうに翠と言い合う姿と違って、いたずらっぽく笑う橙花さんは、月の光で発光しているみたいに輝いて見えた。

単純だけど、それだけで俺は、恋に落ちてしまったのだ。


「てかなんで私だけノケもんなの？　おかしくない!?　あの家私の実家なんですけど！　もうさあ～、母さんいないし父さん変だし翠うざいし他人いるし……もう全然違っちゃってるじゃん……」

焼酎を飲みまくってベロベロに酔った橙花さんは、カウンターに勢いよく突っ伏して唸っている。

年下の俺の前でこんな風になるんだって思うと、こそばゆくて、俺は笑いが止まらない。

しばらくして、トイレに行くと言う橙花さんを介抱して連れて行って、出てきたら俺の顔を見るなり「エビオォ！　あんたかっこよくなったじゃーん！」とかテンション上がること言うもんだから、壁にもたれさせてキスしようと、鼻をすり寄せた。

酔って気分が良くなった橙花さんが笑顔で「ん？」ってかわいい声で言ってるから、これはいける……！　と確信した瞬間、

「エビオ、なんか当たってんだけどぉ」

一応言っておくけど俺は童貞じゃない。彼女もいたしナンパだってする。

ずっと憧れだった人とキス出来るかもしれないと思うと、どうにも俺の股間は、喜びを抑えきれなかったみたいだ。

ここは年下っぽく、甘えて誤魔化すしかない。

「橙花さん」

「んー？」

「俺の伊勢エビも剝《む》いて……」

決まった！　と思った瞬間視界がぐるんと回って、気付けば地面に尻もちをついていた。

「え？　橙花さん……？」

見上げると、あの夏の夜に見たかわいい笑顔からは想像もつかないほど、冷静で無情の顔をした橙花さんが俺を見下ろしていた。

腹の底から出たみたいなため息を一つついて、ふらふらしながら帰って行ったその背中を引き止めることも出来ない俺はただ、自分が人生最大のミスを犯したことに気付いた。

こんなこと翠に知られたら、一生ネタにされる。

「橙花さん、翠には言わないで……」

遠ざかっていく背中に、情けない犬みたいにうなだれて呟くことしか出来なかった。

＊

エビオの「俺の伊勢エビ」発言で、我に返って酔いも醒めた。

弟の親友に手を出そうとするなんて、自暴自棄にもほどがある。

確かにエビオは子供の頃と違って背も高くなったし、なんか全体的にゴッゴツしていて大人になったなと思う。

よく見ると、顔が小さくて鼻筋が通っているから、髪やヒゲを整えて仕立てのいい服を着れば、ちょっとしたモデルくらいには見えるのでは、なんて少し胸が熱くなったりもしたけど、どんなに成長しても大人になっても、エビオはエビオでしかない。

ふらふらと歩いているうちに、入り江に行こうと思い立った。

小さな入り江のことを思うと、さっきまで酔っ払っていたせいか足取りも軽く、神社の階段もスイスイ上れた。

入り江の手前の階段を下りると、砂浜をゴムボートが歩いていた。

薄暗がりの中、目をこらす。誰かがゴムボートを運んでいるんだ。

そのうち、ゴムボートは波打際に置かれ、乗り込むふたりの姿が見えた。

「あ」

カラフルでフリフリの服を着ている、ふわりとした長い髪の後ろ姿は、ダリアだった。

隣にいるピンクの髪の女の子は……瀧くん!?

あまりの衝撃に慌てて砂浜を走った。浅瀬でなかなか進まないボートの紐《ひも》を摑んで止めると、振り返ったふたりが、オバケでも見たかのように叫ぶ。

「うるさい！」

「橙花じゃん！」

「そうか、ダリアこの人知ってんのか」

「うん。校長先生の娘だもん」

「マジで？」

「こんな時間に何してんの？」

「……今から島を出るんだ」

「こんなちっこいボートで？」

あまりの無謀さにやっと気付いたのか、ふたりは口をつぐんだ。

それよりも気になるのは、その顔だ。

肌の色に合わないファンデーション、ドラァグクイーンのような色の濃いアイシャドウとマスカラ、塗りすぎたチーク……それも汗や海水でドロドロに崩れている。

「ねえ言っていい？……あんたらその顔、正気……？」

ふたりは顔を見合わせ、「何のこと？」と言わんばかりに再び私を見た。

「島出て行くのはいいんだけど、とりあえずメイクひどすぎるから直させてくんない？」

「橙花、そんなん出来んの？」

「ダリア知らないの？　橙花、メイクの仕事してるんだよ」

「マジ？　知らなかった！　プロじゃん！」

ボートの上で無邪気にはしゃぐふたりを促して、私たちは教会へ向かった。

教会に着くと、ダリアが入り口の前に敷かれたマットをめくって鍵を取り出した。

夜の教会は昼間よりもしんとしていて、月の光が壁にかかった十字架を照らしている。

「こっち」とダリアに手招きされて、私たちは二階に上がった。

前に和生さんと来た時と同じように、雑多に散らかった部屋はやっぱり、教会の中とは思えない。

とりあえずふたりに顔を洗わせて、メイク道具を広げてもらった。

パンパンのポーチの中身は、高校生らしいプチプラコスメばかりで、色もブランドも統一性がなく「カワイイ」と直感に任せて選んだのだろう。

洗顔してぷりぷりの素肌になったふたりに、ベースメイクから始める。

ダリアはそのままでも十分白い肌なのに、とにかく白くすることにこだわっていた。

「白くないとだめなの！」

「なんで？」

「……とにかく白くしたいの！」

「ピエロになるから！」

なんとかコンシーラーだけにとどめて、アイメイクは服に合わせてイエローや、薄いパープルを基調にした。

瀧くんは髪の色とマッチするように、ピンクベースにしようと決めてメイクを始めると、口元の痣が目に入った。

やたらと濃いファンデーションは、それを隠すためだったんだろう。

「瀧くんさ、痣隠すならちゃんとコントロールカラー入れないと」

「何それ？」

メイク初心者の高校生にコントロールカラーを説明して、なんとか痣を目立たなくする。

「そういえばさ、その服どうしたの？」

「ダリアが作ったんだよね」

「ちょっと瀧、言わないでって言ったじゃん！」

「へー、ダリアあんたすごいじゃん」

メイクをしながら、相槌を打つように言うと、ダリアはうつむいて、急にしおらしくなった。

「どしたの？」

「……アイドルに、なりたくて」

「そうなんだ」

「だから、白くなきゃって。ここで生活してたら焼けちゃうから日傘持って、出来るだけ焼けないように……」

「なるほどね」

「いいなーアイドル。俺もなりたい。かわいいものに囲まれて」

「え!? 瀧もやろうよ！ コンビいいじゃん！」と、ダリアが身を乗り出す。

「コンビって……お笑い芸人か」

ツッコミを入れると、ふたりは笑いが止まらなくなって、瀧くんの目にマスカラが刺さりそうになるし、大変だった。

メイクが終わって礼拝堂に移動し、ふたりのキャッチコピーを考える。

あーだこーだ意見を出して、振り付けを考えて、出来上がったものを動画に撮ることにした。

「だーれだ？　ダリア！　太陽に愛された白い肌！　アイランドプリンセス、ダリアだよ！」

「ダリアかわいいじゃん」

「さんきゅー。ほら次、瀧やって」

カメラの撮影を交代して、瀧くんが前に出る。

「エッチ・スケッチ・ワンタッキ！　かわいいは作れる日本代表、桃色の妖精、瀧だよ！」

昨日、入り江で会った人物とテンションが違いすぎて、ダリアのカメラを持つ手は震えるし、私もお腹を抱えて笑ってしまった。

言った本人は「ねえ、やっぱ最初のフレーズやばくない？」と、ぶつぶつ言っている。子供みたいにはしゃぎまわって、夜は更けていった。

小さな木製ピアノで、世紀末みたいな音を鳴らしたダリアが「腹減ったし帰ろっかな」と呟くと、瀧くんは不安そうに顔をあげた。

「瀧も帰れば？」

「…………」

うつむいて黙ってしまった瀧くんに「お父さんとお母さん心配してるよ」と諭すと、下を向いたまま、ぽつりと言葉を落とした。

「母さん、いないから」

「……そっかー、私と一緒じゃん」

「橙花は先生がパパとママじゃん」

「ダリアうるさい」

「うざ」

「ねえ橙花、先生って家でもあの格好なんでしょ。きもくない？」

上目遣いの瀧くんが、所在なげに言った。

「うーん……気持ち悪いってのとは違うんだよね……」

「てか橙花、先生には反発するくせに瀧はいいんだ」

「家族だから許せないこともあんの」

ダリアに言われて咄嗟に出た言葉だけど、本当にその通りだ。

フリフリのかわいい衣装を着た瀧くんに、嫌悪感はまったく抱かない。

メイクだって、男の子だからしちゃいけないなんて思いもしなかった。

だけど父に対しては、どうしても許せない。

それは母の姿をしているからだ。

父が母になろうとしていること、そのことが私には耐えられない。

「瀧？」

ダリアが苦しそうな表情の瀧くんに声を掛ける。

「……本当は、殴られたんじゃない」

「え？」

「こっそりメイクしてて父さんに見つかったのは本当。その時の父さんの顔……すごいショック受けてて。俺、あんな顔させたくなかった。父さんのこと悲しませたんだって思ったら、わーってなって……自分でやった……」

私もダリアも言葉が出ない。

「本当はこんなこと思いたくない……自分が恥ずかしいなんて……」

消え入りそうな声に、胸がきゅっとしめつけられる。

私もダリアも、何て言葉を掛けたらいいかわからない。

ふと、ワンピースのポケットに手を入れると、母の口紅が指先に当たった。

「瀧くん、ちょっと顔あげて」

今にも泣き出しそうな唇に、紅を落とす。

昔、母が私にしてくれたように、丁寧に、丁寧に。

「出来た」

ポケットからコンパクトを取り出して渡す。

瀧くんは鏡に映る自分と見つめ合った。

「うん。かわいいじゃん」

「……橙花」

「ん？」

「すごい。魔法みたいだ」

瀧くんは、不器用に笑って私の目を見た。

「…………」

瞳の奥が熱を持つ。メイクによって誰かの目をこんなにも輝かせたのは、一体いつぶりだろうか。

その時、礼拝堂の扉がガタンと大きな音を立てて開いた。

「瀧！」

「父さん……」

大勢の人を後ろに従えて、瀧くんのお父さんが立っていた。

近所の人や消防団の人に交じって父と和生さんもいる。

瀧くんのお父さんの後ろから飛び出してきた和生さんは、心配そうな顔で駆け寄り「瀧、大丈夫か？　修《おさむ》さん家に来て、めちゃくちゃ心配したぞ」、と声を掛け、瀧くんの髪色や服には一切触れず、肩を叩いた。

和生さんは「ダリアお前も！　心配したんだから！」とダリアの元へ向かう。

照れたのか、ダリアは「うっざ」と悪態をつきながらふてくされた顔をしてるけど、どこか嬉しそうだ。

瀧くんの父、修さんが、近所の人や消防団の人たちに頭を下げると、みんな口々に「よかったね」と言いながら帰って行く。

静けさを取り戻した礼拝堂で、修さんがゆっくりと瀧くんに近付く。

「……父さん……ごめん俺、こんなんで」

何か言われる前に、瀧くんは呟いた。

「……馬鹿だな、おまえ」

「……ごめん」

「ちがうよ瀧」

うつむいていた瀧くんが、顔をあげる。

「お前がどんなカッコしてたって何を好きだって、俺とお前はふたりっきりの親子だよ。ただそれだけ。だから謝ったりしないでいい、そのままで」

修さんは、眉をゆるやかな八の字にして、ひだまりみたいにあたたかい声で言った。

少しして、すすり泣く声が聞こえ、しだいに大きくなり、嗚咽《おえつ》に変わる。

涙声に交じって、父さん、ありがとう、ありがとう、と、声が漏れる。

「あーあー、せっかくかわいくしてもらったのに」

ぽろぽろと涙をこぼす息子の頭を、修さんは撫《な》でた。

瀧くんは、ぐしゃぐしゃの顔のまま泣き続ける。

すると父が、ハンカチを差し出した。

瀧くんはそれを受け取って、溢れ出る涙を拭う。

「……俺、先生が羨ましかったんです。好きなカッコして、周りなんか気にせずに堂々としてて……先生みたいになりたかった。……今までごめんなさい」

ピンクの頭がうつむき、ぽたりぽたりと、床に涙の粒が落ちる。

「瀧、よかったな」

父の声は深く、慈しみがあった。

修さんが「瀧、帰ろう」と促すと、瀧くんはこくりとうなずいて、ふたりは並んで歩き出した。

「瀧！」と、礼拝堂にダリアの声がこだまする。

「今度一緒に買い物行こうね、オソロで買って、双子コーデとかしようね！」

目を真っ赤にして、赤ちゃんみたいな顔で涙を流すダリアが、まっすぐに伝える。

瀧くんはとびきりの笑顔でうなずき、

「ダリア、ありがと」そして、

「橙花も、ありがとう」

少し猫背の、清々しい表情がまぶしい。

小さく手を振り、親子は並んで帰って行った。

「瀧！　よかったね……！」

堰を切ったように泣き叫ぶダリアの声が反響して、礼拝堂が歌っているみたい。

そうか、ダリアは瀧くんのことが好きだったんだ。

好きな人が自分らしく生きていくことへの喜びと、失恋の悲しみとが混ざって、宇宙が爆発したみたいに、頭の中がぐちゃぐちゃになってしまってるんだろう。

誰かを想《おも》いながら、自分の心にも正直でいられるダリアが羨ましい。

生意気な子供だと思っていたけど、ダリアはとてもかっこいい女の子だと、その背中を見ながら思った。


教会を後にした私たちは、和生さんが「気分転換に行こう！」と提案して、小さなダンスホールのあるバーへ行った。

翠とサムザナさんも呼んで、テーブル席で楽しそうにお喋りをしている。

輪の中には入りづらくて、私はひとり、カウンターでウイスキーを飲む。

目を真っ赤に腫らしたダリアは、オレンジジュースをお酒のようにグイッと呷《あお》りながら「恋は……オレンジジュースの味……」と呟いている。

和生さんはガハハと笑って、ダリアの頭を撫でた。

「まあ、生きてりゃそういうこともあるよな」

そう言った和生さんの丸い背中を見て、昨日の和生さんを思い出す。やわらかな光に包まれた礼拝堂で、和生さんがどこか遠くを見るように、ぽつりと空気に溶かした言葉。

「いろんなモンなくした俺たちに、愛だけくれたんだ、せーさんは」

頭の中で繰り返されるその言葉の意味が、私にはわからない。

どうしたら、愛だけあげられるんだろう。

たったひとりの夫である時也くんにさえ、そんな風に出来ない私がいつか、誰かに愛だけを与えることなんて、出来るのだろうか。

母のように。そして、父のように。

レコードに針が落とされ、ゆったりとしたサックスの音色が響く。

体を揺らすように、ゆっくりと踊りだす人たちを、ウイスキーでほんのりしびれる頭のまま眺めた。

翠はサムザナさんと寄り添い、あたらしい命の宿った大きなお腹を撫でながら、愛おしそうに見つめあっている。

ダリアは和生さんに後ろから抱きついて、寄せては返すさざ波のように、小さく揺れている。

残り少ないウイスキーを飲み干すと、視線の端に何かが映った。

酔っているのか、急に音楽が頭の中を支配したように鳴り出す。

踊る人々の間をすり抜けて、見覚えのあるすみれ柄のワンピースがひらひらと揺れている。ターンして、腕をつぼみが花咲くように広げる……その姿は、まぎれもなく、母だった。

台所にいたはずの母が、こんなところに現れた。

差し伸べるように手を伸ばし、笑顔になった母は、この世のものとは思えないほど光り輝いていて、美しい。

頬にあたたかなものが触れて初めて、自分が泣いていることに気付いた。

母は踊るように歩き、そのまま外へと消えた。

必死の思いで、母を追う。

外に出て「母さん！」とすがると、目の前にいたのは父だった。

「父さん……」

父はちら、とこちらを見てすぐ、真上に昇る月を見上げた。

「母さんが、いた気がしてな」

「え、父さんも?」

「ああ。今日みたいな満月の夜は、たまに感じるんだよ」

「そうなんだ……」

「ごめんな」

「え?」

「母さんじゃなくて」

振り返った父は月の光に照らされて、輪郭が発光しているみたいだった。

逆光で、はっきりとは見えないけれど、父はどこか申し訳なさそうに笑った。

「帰ろうか」

「え? ……うん」

父が歩き出した。私もつられて歩き出す。

オレンジ色の街灯の下を、父と距離を保って歩いて行く。

夜の海は真っ暗で、ざあざあと、波の音しか聞こえない。

小さい頃、大きな海は、魔物が棲《す》んでるようで怖かった。

父の背中にしがみついて、母に背中をさすられながら帰ったこともあった。

父の背中も母の手も、あたたかかった。

家に帰って、父は台所へ向かう。

やっぱり私は、台所の前で立ち止まってしまう。

鍋を火にかけ、シンクで米を洗いだした父の真剣な横顔を見ながら不思議な気持ちになった。

父が、台所に立っている。

母が生きていた頃、父が台所にいるのは稀《まれ》だった。

台所は、母の場所だったから。

だけど今、この場所に父は歓迎されているように見える。

「てか何してんの?」

「ん?　ああ、おはぎをな」

「今から?」

「昼間にあずきを水につけておいたから、やってしまおうと思って」

「ふうん」

「それに、さっき母さんがいた気がしたから、食べたいのかなって気になって」

「催促しに来たの?　母さんが?」

「母さん、けっこう食いしん坊だからな」

私の記憶のどこにも、食いしん坊な母の姿はない。

「……ねえ」

「ん？」

「なんで母さんになりたいの」

本当は一番はじめに聞かなければならなかったことが今、するりと喉を通って、出てきたことに驚く。

「……はじめは、寂しくてな。母さんが死んで、橙花も翠も家にはいなくて。初めてだったんだ、この家を広いと感じたのは。それに、どこにいても母さんの匂いが残っててな。眠れない日も続いた。特にここにはあまり近付きたくなくてな。冷蔵庫を開けても、お湯をわかしても食器を棚に入れても何をしても、母さんを思い出してしまうから。でもある日、無理に忘れなくたっていいじゃないかと思ったんだ。だから料理を練習して、一日中台所にいたこともあった。作れる料理が増えるたびに、母さんの味を思い出して、まるで母さんと話してるみたいだった。だけどやっぱり、母さんはいなくてな。それに、おはぎだけ、どうしても同じ味にならなくて。それで、母さんの格好してみたんだ」

「……それ、和生さんも言っていた」

「そうか。それで、母さんの格好してれば、母さんが近くにいる気がしたんだ。嬉しくて、それだけでよかった。でも、だんだんもっと近付きたくなってなあ……」

父の言葉に、自分の心から、ぽろぽろと何かが剝がれる音がした。

父は、母さんを愛して、愛しすぎていた。

自身が母さんになって、母さんと一つになって、これからもずっと、一緒に生きていたかったのだ。

自分の一生を使って、「鈴谷《すずたに》すみれ」の人生も背負うつもりで。

そうすれば、母さんは父と一緒に、どこへだって行ける。

母さんはずっと、ここにいるものだと思っていた。

母さんをこの家に、台所に閉じ込めていたのは、私かもしれない。

母さんはもう、ここにはいないのに。

「それでな、橙花は特に、母さんが好きだったし、母さんが死んでからあんまり帰って来なくなっただろう？　結婚したし、仕事も忙しいと思うけど、父さんが母さんになれば、橙花も、もっと帰って来やすいかと思ってな」

父ははにかむ、恥ずかしさを誤魔化すように。

「……そんなの、言わなきゃわかんないよ」

「ああ、そうだったな」

その時、あずきを煮る鍋の蓋がカタカタと音を立てた。

ふきこぼれる前にと、私はコンロの火を止める。

「あ」

気付けば、台所に足を踏み入れている。

こんなにもあっさりと、自分が引いた線を乗り越えたことに驚く。

今までこだわってきたことが急にバカバカしく思えて、吹き出してしまう。

笑いが止まらなくなった私を、父は目をまるくして見ている。

涙が目尻に滲んで、指先で拭き取った後、小さく息をついた。

「あのさ、父さんが母さんになっちゃったら、父さんはどこ行くの」

「え？」

「母さんはもういなくてさ、なのに父さんまでいなくなったら私、どうしたらいいの？

母さんの代わりはいないし、父さんも……たったひとりしかいないんだけど」

「……うん」

「母さんの格好しててもいいし、和生さんと一緒になってもいい。だけど、父さんまでいなくなんないでよ」

「……ああ」

しんみりした空気が照れくさくて、私たちはお互いから目をそらした。

「……愛だけくれた」

「ん？」

「って、和生さんが言ってた。なんかわかった気がする」

なんだそれ、と笑う父の横顔は、母さんと、和生さんに似ていた。

ふっくらとしたもち米をおひつに移し、炊き上がったあんこは大皿へ載せて冷ます。

台所のテーブルに父と並んで、おはぎを作る。

ごはんをやさしく握るように俵形にして並べていく。

手のひらに一さじのあんこを載せて丸くのばし、その上にごはんを置いて、あんこを纏わせてゆく。

出来上がったおはぎはころんと丸くて、あまい匂いが心地よい。

「父さんさ、おはぎ好きだよね？」

「え？」

「いつも母さんが作ったやつ食べてたじゃん、苦手じゃないよね？」

「……ほんとは苦手でな」

「うそ」

「あまいものと米の組み合わせがなあ……でも母さんがおはぎ好きだし、たくさん作ってくれるから、言えなくて」

「……マジで」

するとは父は、出来立てのおはぎを一つほおばった。

「え、食べれんの？」

「ああ……なんでか母さんの格好始めてから……めちゃくちゃ美味い……」

声を震わせながらおはぎを食べる父の姿に、私も鼻の奥がツンとした。

慌てて手のひらのおはぎをほおばって、涙が出ないように飲み込んだ。

「……あっま」

玄関の戸が開く音がして、威勢の良い「ただいまー！」が聞こえる。

「やっぱふたりも帰って来てんじゃん」

「あ！　せーさんがおはぎ作ってる！」

バタバタと台所に入ってきた家族たちが、わいわいと騒ぎ出す。

父は涙を拭って「みんな好きなだけ食べてな」と言った。

「これ姉ちゃんが作ったの？」

「うんまあ」

「ふーん、やるじゃん」

「うっさー」

「あ、橙花と翠が仲直りしてるー」

口いっぱいにおはぎを詰め込んで、和生さんがひやかす。

「あー、なんかおはぎ食べたら元気出てきたかも！」

ダリアも、口の周りにあんこをつけて笑っている。

「あ！」

みんながサムザナさんを見る。

前かがみになったサムザナさんが、振り絞るように呟いた。

「……生まれる」

「え!?」

それからは、長い夜だった。

急いで、島中の子供を取り上げてきた助産師さんを呼んで、翠は夜通しサムザナさんを励まし続け、和生さんは応援のためギターで歌い出し、ダリアはそれに合わせて、暗黒舞踏のように複雑な動きで踊った。

父は「栄養だ！」と言って、ヒーヒー声をあげるサムザナさんにおはぎを食べさせようとして「殺す気か！」と、助産師さんに怒られた。

笑いが止まらなくなった私を見て、サムザナさんも笑い出してしまい「ヒィッヒィッフゥ〜〜ッフッフッフフフフフ！　ヒィッヒィッフフフフフ」と、いきみと笑いを交互に繰り返すので、みんなで笑い転げた。

「何この家族！」と、助産師さんだけが必死の形相だ。

カオスの中、朝方になって無事、赤ちゃんは生まれた。

生まれた瞬間に、朝の光が家の中に差し込んだ。ろくに明いていない目で、眩しそうに顔をくしゃくしゃにした赤ちゃんがかわいくて、家族みんなで肩を組み、赤ちゃんを抱くサムザナさんの周りをぐるぐる回りながら、スリランカの民謡を歌った。

とても美しい朝だった。

さよなら缶コーヒー

東京に戻って、二週間が経つ。

今日は、驚くほど目覚めがよかった。

昨夜、お酒を飲まなかったからかもしれない。

洗面所の鏡に向かい、すっきりとした顔の自分に「調子いいじゃん」なんて声を掛けるほどだった。

唇も血色がよく、色付きリップを塗っているみたいに、ほんのりと赤みがかっている。

シャワーを浴びて薄くベースメイクを施し、白い花の咲いたトップスと、新緑のロングスカートを穿いて出かける。

春の終わりの風が唇に触れて、なんだかくすぐったい気持ちになった。

口紅を塗らずに外出したのなんて、いったいどれくらいぶりだろう。

都会の真ん中だけど、緑がたくさんある場所で、色とりどりの花が咲いている。

昼休みでお弁当を食べる人や、ランチに出かける人で賑わっている公園で、時也くんと待ち合わせた。

ふたりでベンチに隣り合って、なんとなく空を見上げると、飛行機が飛んでいた。飛行機を目で追っていると、時也くんも同じように空を見上げているのが、視界の隅に映った。

しばらくそうしていたら、時也くんが思い出したように「そういえば実家、どうだった？」と言った。

「それがもう色々大変でさあ。……ま、いいんだけど」

実家で起こった様々な出来事が、頭の中で再生される。

「なんか楽しそうだね」

言われて、自分が微笑んでいたことを知る。

「まあ、悪くはなかったよ」

「そっか」

緑の匂いをたくわえた風が、私たちの隙間に吹いた。

ふたりの間に流れる、居心地の悪かった沈黙は、ゆったりとした時間を感じるゆとりに変わっていた。

もっと早く、こんなふたりになっていればよかったかもしれない。

「……なんかさ、私、色々足りなかったね」

「そんなことないよ、俺の方こそ」

「まあ色々手続きとかあるし、もうちょっとよろしくね」

「もちろん」

夫婦として、互いを思いやる瞬間が減っていたことに、見て見ぬ振りをし続けた。どちらが悪いというわけじゃない。きっともう少し、出来ることはあった。だけど今から新しく、またふたりで始めようとは不思議と思わなかった。

「離婚しようか」、島から戻ってすぐ電話で伝えると、時也くんは少し間をあけて「うん、そうだね」と言った。

きっと私たちは、ふたりで何かを築くことを少しだけ、さぼってしまったんだと思う。

時也くんには、幸せになって欲しい。

そこに私はいなくてもいいし、他の誰かとでも、ひとりでも、時也くんが幸せならそれでいい。

時也くんに伝えると「俺もそう思ってるよ」と笑った。

お互いに同じことを思っていると感じたのは、久々だった。

そして、それを伝え合うことも。

「こんな簡単なことなのにさ、なんで出来なかったんだろう」

「確かに。ほんと謎だよね」

時也くんの携帯が鳴った。

「ごめん、ちょっと」

電話に出た彼を横目に、私は自販機でコーヒーを買った。

すると、自販機から聞き覚えのある電子音がする。

『当たりだヨ！　もう一本選んでネ！』

こんな短期間に、二度も当たるなんて。

もう一本、同じコーヒーにしようとしたけど、時也くんの背中を見て思い直す。

「時也くん！」

電話を切った彼を呼んで、缶を投げる。

キャッチして缶を見た時也くんから、笑みがこぼれた。

「何これ」

「コーヒー飲めないんでしょ？　だから」

「『コーヒーが好きになる！　まろやか微糖』って！」

「時也くんにぴったりだろうと思って！」

「橙花ちゃんらしいね。見てて」

時也くんはプルタブを開けて、お風呂あがりみたいに腰に手を当てながら、コーヒーを飲み干した。

「うん、これなら飲める！」

「無理してない？」

「全然。ありがとう。じゃあ俺、仕事に戻るわ」

「うん、また連絡する」

「わかった。じゃあね」

今日の空みたいに清々しい彼の表情に、ほんの少し、胸が鳴る。

大きな目がかまぼこみたいになる、その笑顔が好きだった。

時也くんが、背中を向けて歩き出す。

丸い頭と広い肩、仕立てのいいスーツにブラウンの革靴、時也くんを構成する、すべてが愛おしかった。

「………」

薬指にはめた指輪を外して、自販機のコイン投入口に入れる。

カラン、と音を立てて、指輪は釣り銭口に落ちていった。

さらさらと吹く風が髪を揺らす。

ほんの少し、季節の変わる匂いが鼻先をくすぐる。

もう、ひとりが怖いとは思わない。お酒がなくても、夜は眠れる。

たった三グラムの指輪を手放しただけなのに、体がとても軽くなった気がする。

小気味良いヒールの音が、背中を押してくれてるみたいだ。

私はちゃんと、歩いている。

＊

今日も教会は静かだけど、いつもより光があったかい気がする。

高い窓から差し込む光に手を伸ばすと、色のない腕のうぶ毛が、ふわりふわりと躍ってるみたい。

祝福するみたいに、鳥たちも歌ってる。

今日のために作った、桜色のシフォンのドレスワンピは、ダリアの最高傑作。

髪とメイクは、昨日帰って来た橙花を、朝早く叩き起こしてやってもらった。

寝起きで機嫌悪かったけど、メイクしながら鼻歌なんか歌ってた。

瀧も、修学旅行で原宿《はらじゅく》行った時に、ふたりで古着屋に行って買った、ピンクと水色のかわいいチェックワンピで家に来て、メイクしてもらった。

あれからメイクの練習したけど、やっぱり橙花みたいに上手くはいかない。

瀧が橙花のこと「魔法つかい」って言ってたけど、確かに人にメイクをしてる時の橙花はすごく楽しそうだし、指先がラメでキラキラしてて、本当に魔法つかいみたい。

あれから、瀧はすごく変わった。

明るくなったし、仕草もかわいくなった。

かわいいものが好きで、自分もかわいくなりたくて、でもきっと今まで人には言えないからツンツンしてたのかなって思うと、ちょっと切なくなる。

だから今、瀧とコスメやファッション、かわいいアイドルとか有名人の話をしたりするのはすごく楽しいし、そんな瀧を見てるとダリアも嬉しい。

ふたりで作ったインスタのアカウントもすごい人気で、フォロワーは八万人くらい。韓国、中国《ちゅうごく》、台湾《たいわん》、ベトナム、ドイツ、イギリス、アメリカ、スリランカ、メキシコ、オーストラリアとか、言い出したらキリがないくらい、海外の人もたくさんいる！

コメントやメッセージで、悩みを送ってきたりする子もいて、瀧は真面目だしやさしいから、一つ一つに丁寧に返信してる。

リカとか学校の子たちも、瀧の変わりように最初はびっくりしてたけど、先生のこともあったし、今さら驚くとかダサくない？　みたいな感じで、みんな五分後には日常、って感じだった。

リカなんて今では、前髪を切るか切らないかとか、瀧に真剣に相談してるくらい。

パパともいい感じみたいで、瀧が夜ごはんつくるようになってから、毎日早く帰って来るようになったんだって。何の話すんの？　って聞いたら、パパはネットで雑誌とかとりよせて勉強してるみたいで、今の流行りとか、かわいいものとか教えてくれるらしい。

「そんなに頑張らなくてもいいんだけど、父さんが楽しそうなうちはいいかな」って、瀧は嬉しそうに笑ってた。

一回だけリカが「瀧って、ダリアに恋出来んのかな?」って言ってたけど、ダリアも正直、わかんなくて探り探り。

でもまあ、瀧がダリアのことレンアイ的に好きになれなくても、ずっと一緒にいられればいいかなって思うようになった。

どんなカッコしてても、何が好きでも、瀧はダリアの大切な人だし、恋とかをチョーエッした何か的な? って言ったらリカが「ダリア、めっちゃラブだし、ピースじゃん」って言ってくれて嬉しかった。

和生や、ばあばや先生が、ダリアに愛をくれたように、ダリアも瀧やみんなをでっかい愛で抱きしめたいな。

橙花は「マセガキ」って笑ったけど、橙花だっていつかわかると思う。

あ、もしかしてもう知ってるかな?

*

仏間のクローゼットにかけてある打掛けが、海からの風に揺れている。

鶴の刺繍《ししゅう》は繊細で美しく、打掛けの中をゆうゆうと飛び回るその様は、今にも空へ羽ばたいていきそうだ。

母が着ていたそれを今日、父が着る。

この間、島を出る前に、港に見送りに来てくれたみんなの前で、父がおもむろに言った、「あたらしい家族の写真を撮ろう」。その提案に、和生さんが一番に「乗った！」と賛同し、盛り上がった。

そして、父の理想の家族写真は、母の打掛けを着て撮ることだった。

「ただ着るだけだとあれだから、化粧をしてくれ」と、真顔で言われた時は「うぁあ、えん」と、変な声が出てしまったけれど、確かに立派な打掛けだから、ちゃんとメイクをした方がいい。

父の顔をこんなにも近くで見て、触ったのは、初めてかもしれない。

化粧台に腰掛ける父の唇に、母の口紅を引く。

「出来た。けっこう似合ってんじゃん」

目を開けた父は、鏡を見てわずかに微笑んでいる。

「疑問だったんだけど、父さんはなんで、和生さんとダリアと家族になることにこだわってたんだろうって。養子にしてまで一緒になってさ。和生さんともダリアとも、もう家族みたいに仲良くやってるんだから、その必要はあるのかなって」

「やっぱり、和生やダリアに何かあった時に、ちゃんと家族として関わりたかったんだ」

その言葉を聞いて、すとん、と心に何かがおさまった。

ニュースやネットで、制度の問題で戸籍上の家族になることの出来ない人たちが、制度が変わるように活動しているのを見る。

その人たちが、気持ちだけではなく、制度の上でも家族になりたい大きな理由の一つに、相手に何か起こった時、家族しか立ち入れない状況がもどかしく、やるせないからだと、聞いたことがある。

いくら心や体で繫がっていても、戸籍という、たった一枚の紙が、関係性の名前をないものにしてしまう。そのむなしさは、きっとはかり知れない。

福島にいた和生さんとダリア、母を亡くした父は、家族の誰かにいつ、何が起こるかわからないことを、身をもって経験している。

必要にせまられた時に「家族です」と、胸を張って言えるようにしておきたいという父の気持ちは、痛いほど理解出来た。

「確かに、大事なことだね。だけど、なんで打掛け着たいのかなって思ったよ。和生さんは和生さんで、じゃあ俺はせーさんの袴《はかま》着るって盛り上がっちゃうし」

「ああ、それはな」

「わかっちゃったんだよね、私」

　父が、目を見開く。

「この打掛け、ほんと綺麗だもんね。わかるもん、着たい気持ち」

「……母さんが、なんだかな、人間じゃなくて、もっとずっと美しいものに見えたんだ」

「美しいもの？」

「うん。空よりも、海よりも、美しかったんだ」

「神さま、みたいな？」

「神さまを、見たことがないからわからないけど、なんだろうなあ」

　父は庭を見て、目を細める。

「朝を知らせる鳥の声とか、夕方に風鈴を揺らす風とか、波が残していく泡とか……そういう、美しさだった」

　つつましい美しさ。そのどれもが日常にひそむ、かけがえのないものだった。

「なんか、母さんらしいね」

「ああ。なんでか父さん、涙が止まらなくてな」

「うっそ、父さんが？」

「そうだよ。その時と、橙花と翠が生まれた時だな、あんなに泣いたのは」

「……そうなんだ」

父の涙を、私は見たことがない。

でも、その頬を伝う涙の温度を、知っているような気がした。

それは、嫋やかであたたかい、春の海みたいな、美しい涙なのだろう。

海が青いのは、空が青いからだと、どこかで聞いたことがある。

空の青が海に映って、海は青を手に入れるけれど、空と海は、完璧に同じ色にはならない。

母さんになりたかった父さんは、海だ。

空の色に焦がれているけれど、海は海として、ちゃんと美しい。

「橙花」

鏡越しに父と目が合う。

「ありがとう」

「……父さん」

「ん?」、父の深くてやさしい声に、瞳が潤む。

「あのね……私、結婚だめだった。父さんと母さんみたいになれると思ってたんだけど……ごめん、出来損ないの娘で」

ずっと、言いたくても言えなかった言葉がこぼれた。

父と母のように、時也くんと家族になれなかったこと。

父は静かに目をつむって呟いた、「いいんだ、なんでも」。

「生きてれば、それでいい」

視界がぼやけ、涙を見せたくなくて、顔をそむける。

私はずっと父に、そう言って欲しかったのかもしれない。

仕事が上手くいかなくても、家庭が冷めきっていても、愛した人を愛せなくなっても、ただ、生きているだけでいい。

他人に対して、自分の子供に対して、そんな風に言える人間が、果たして世界に、どのくらいいるだろうか。

「生きてれば、それでいい」

それは紛れもなく、愛の言葉だった。

この世でたった一つの、とても大きな、海みたいな、愛だ。

仏壇が目に入り、見ると、母が笑っていた。

鼻をすすって、何事もなかったように向き直る。

私は深く息を吸って、鏡に映る父の目を見る。

「父さん、おめでとう」

「ありがとう、橙花」

父さんは、いつだって私たちに、愛だけくれていたんだね。

抜けるように高い青空と、澄んだ淡い水色の海を背景に、光よりも眩しく白い浜辺の上で大勢の人が、私たちを囲んでいる。

人々は口々に「おめでとう！」と、祝福の声をくれる。

あたらしい家族の写真を撮るだけのはずが、島中に伝わって、みんながお祝いしてくれることになったのだ。

「みんなあ！　ありがとうな！」と、大きな笑顔の和生さんは、太陽みたいだ。

そこにいるだけで、周りを明るくする。

海は、太陽の反射でキラキラと輝く。

「橙花それ、先生が着てたワンピ？」

すみれの花が咲いたワンピースを着る私に、ダリアが聞いた。

「そうだよ」

「それ、かわいいよね」

「先生も似合ってたけど、橙花も似合うね」

「ほんと？　瀧くん見る目あんじゃん」

「さすが親子だね」

両親が袖を通したワンピースを着て、私もあたらしい家族の一員として、輪の中に立っている。

「そういえばダリア、あんた日傘は？」

こんな晴れた日は特に必要なのに、昨日帰って来てから、ダリアが日傘をさしているのを見ていない。

「あーあれね、やめた」

「なんで？」

「なんか別にアイドルだからって、白くなくていいかなって」

「あー確かにね」

「でしょ？　ダリアは、自由に生きるアイドルになんの。それで、しんどいと思ってる人がダリア見て、ちょっとでも楽になればいいって思う。橙花がメイクで、魔法かけるみたいに」

「なんかあんた大人じゃん！」

「でしょ？」

瀧くんもダリアも、初めて会った時よりずっと素敵になった。

たった数週間で、人は見違えるほど成長するのだ。

メイクの魔法だけじゃない。心の底から自分を愛して、誰かを大切に思うことが、何より人を輝かせるのだろう。

「橙花さん」

「あ、エビオ。来たんだ」

「はい、これ渡したくて」

エビオが背中に隠していた大きなバラの花束を見て、ダリアと瀧くんが歓声をあげる。

「いいの？　こんなに立派な花」

「もちろん」

「ありがとう、あとでみんなで分けるね」

「いやいや、橙花さんにです！」

「え？」

「受け取ってもらえますよね？」

「あー、うん。ありがとう」

抱えるのが大変なくらいの、こんなに大きな花束をもらったのは初めてだ。

エビオから、伊勢エビ以外のものをもらったのも、初めてかもしれない。

「橙花さんも、あの打掛け着たんですか？」

「ううん、私はドレスだった。あーでも、もう一回結婚する時は、私もあれ着ようかな」

「うっそ！　じゃあ俺と結婚しよ!?」

家族や、周りを囲む人たちがみんなどよめき、視線が集中する。

「プロポーズじゃん！」

「橙花どうすんの!?」

「えー……エビオはないわ……」

「嘘でしょ……」

「瞬殺《しゅんさつ》うける」

ダリアの言葉に、ショックを受けてうなだれたエビオの肩を、翠が叩いて慰めた。

「先生、きれいだね」

どこか遠くを見るように、近所の人と話し始めた父を見て、瀧くんが言った。

ダリアはその横顔に、いつになくもじもじしながら「ダ、ダリアと結婚するなら着せてあげるけど……」と呟いた。

花が咲くみたいに、みるみる瀧くんの表情が明るくなって「うん、じゃあお願いします」と小さく頭を下げた。

「え、ほんと!?　いいの!?」

「うん。ダリアのこと好きだし、ずっと一緒にいたいよ」

「じゃあ瀧、ダリアとセックス出来んの!?」

「それはわかんないけど」

「え!? でもまあいい！ そんなんいらない！ 瀧、ずっと一緒にいよ!?」

「うん！」

「ダリア、あんたやったじゃん！」

「やばいやばいやばい！」

驚きと喜びが渦巻くダリアは、波打際に走って行って、

「おめでとうございまーす！」

ぼんやり見える向こうの島にまで聞こえるくらいの声で叫んだ。

「おめでとうございまーす！」

瀧くんも叫ぶ。

「おめでとうございまーす！」

ふたりの大きな声が重なって、水平線のかなたへ響く。

波が弾けたみたいに笑う父と、太陽みたいに笑う和生さん、すやすやと眠る赤ちゃんを抱きながら、さらさらと枝葉のような笑い声の翠、サムザナさんは星を宿したみたいに大きな瞳をいっぱいに開いて「ハーッ！」と声をあげている。海に向かって叫びながら、瀧くんと手をつないでゆらゆら揺れているダリアは、太陽に向かって咲く、カラフルで大きな花みたいだ。

私は、あたらしい家族にとって、どんな存在だろう。

願わくは、空を漂う白い雲みたいに、みんなのことをずっと見ていたいな。そして、いつだって寄り添っていたい。

頑固だし、機嫌が悪いとすぐ顔に出るから、時々雨や雷を落としちゃうかもしれないけれど、雨がやんだら、穏やかに笑うから。

「じゃあ、撮りますよー！」と、翠から大役を任されたエビオが、カメラの前でシャッターを切ろうとしている。

父さん、和生さん、翠、サムザナさん、赤ちゃん、ダリア、瀧くん、私。

父は母さんの遺影を持ち、ダリアと婚約したばっかりの瀧くんも入って、あたらしい家族が並んでいる。

「いくぞー！　はい！　おすし！」

和生さんの号令に、統一感なんてお構いなしの私たちは、それぞれ手足を広げて、自由にポーズをとる。

カシャリ。小気味良いシャッターの音がした。

空からふわりと降りてきた風が、前髪を揺らす。

心は抱きしめられたように、じんわりとあたたかくなってゆく。

母さん、これがあたらしい家族だよ。
ずっとずっと、見ていてね。

えん

向日町《むこうまち》の駅の傍《そば》には、セメント工場の貯蔵タンクがある。

まん丸のタンクは鉄骨のやぐらの上でどしんとあぐらをかいている。

薄く剝げた緑色。本当は生まれたてのカマキリのような色だけど、赤茶けた錆《さび》がこびり付いたタンクの容姿をそんな風に呼んでやるほど、感性豊かな人はこの町にいない。

『向日町コンクリート』と黒のゴシック体で書かれた冗談かと思うほど洒落《しゃれ》っ気《け》のないデザイン。

仮にどこかの街からふらりとやって来た、つま先の尖《とが》った靴を履いた若い男がタンクを見て「なんだいこれは！　高度経済成長の誇りを忘れた人々の中で、尚《なお》も存在を誇示しようとする退廃的でレトロなデザイン。素晴らしい！」などとほざきやがったら、それは町の人間にとって侮辱だと思う。

評価なんてされずそこに座っているだけ。奴《やつ》の価値はただそれだけの不変のものなのだ。

これまでも、これからも。

そんなことを放課後の渡り廊下で幼馴染《おさなな じ》みの琴子《ことこ》に話すと、心底どうでもよさそうに「ふうん」と辛うじて声にした。

琴子はサッカー部のナリヒラくんに夢中だ。

タンクの存在意義など関係ない。

私たちは、十七歳なのだ。


今日も放課後の渡り廊下で琴子がグラウンドを見つめている。

「エンあんた見てみ。あのマネージャー絶対部員目当てやわ。胸強調しよってクソ腹立つ。腹の肉あつめてDにしてるけどほんまはBかそこらやろな」

小学二年生の時、大阪《おおさか》と京都《きょうと》の境目に位置する中途半端なこの町に引っ越してきた琴子は当時から口が悪く、苛々《いらいら》すると右手の親指の爪を噛《か》む。

そのせいで親指の爪はいつもリアス式海岸のようにガタガタだ。

中二の夏、寝ている間に無意識に首を掻《か》きむしっていたら首が血だらけだったなんてこともある。

昔から、琴子は同級生の女の子たちとは少しだけ違う。

私のクラスの佐竹《さたけ》さんの方がガラス玉みたいな目をしているし、三組の大河内《おおこうち》さんはくちびるが桃色でおいしそうだし、五組の長谷川《はせがわ》さんは耳たぶが柔らかそうだとか「可愛い」という要素をもっている子は沢山いるけれど、琴子は決してそういう部類ではないのに、皆の気を引く。

全校集会で二年二組の列に並ぶ琴子の後ろ姿を見て気付いたことは、肩胛骨《けんこうこつ》を覆う真っ直《す》ぐな髪の毛や気怠《けだる》そうにお尻の辺りで手首をさする仕草、スケバンみたいに長いスカート、通称「ロンスカ」が主流の私たちの学校では珍しいちょんちょんのミニスカートで、そこから伸びる太ももの裏の白さであるとか、琴子のもつ要素は何というか「オンナ」だったのだ。

だからだろう、琴子はモテる。

身の程知らずの男の子たちは、琴子の空気にやられるのだ。

しかしその幻想を覆す口の悪さ、例えば琴子は「可愛い」や「愛してる」という言葉にひどく嫌悪を示す。それが自分に向けられたものなら尚更で、琴子が返す言葉は大概「は?」や「きっしょ」だし、機嫌が悪いと「黙れゲボ、死んで出直せ」だ（このフレーズは語呂が良いので、私はちょっと気に入っている）。

そんなことだから、恋人が出来てもすぐに終わってしまう。高校に入ってから私が数えるのをやめた男の子で既に八人目だった。ちなみに八人目の男の子とはその日の朝付き合い始めて昼休みに別れたので、彼はたった四時間半の恋人だ。数に入れるかいつも迷う。

だけど琴子はどんなに口が悪くても、他人を陥れようとは思っていない。世界の中心が自分だから、その白線のラインに少しでもそぐわないことがあればボロクソに言う。それだけ。

そういう洗濯したての父のワイシャツみたいにパリッとした感じが、私は嫌いではない。

だから十年も一緒にいるし、今後も地球滅亡くらいの事件がなければあと十年、関係は続くだろう。

琴子も私の事を嫌いではないと思う。

何かにつけて「エンあんた、ちんちくりんの乳首小僧やからモテへんねん」や朝会うなり「うっわエンあんた、うんこみたいな顔してどうしたん」と言ってくるが中学三年の夏、志望高校を決めるときに私をこの学校に誘ったのは琴子だった。

「エンあんた、高校どこ行くん」

直前の三者面談で、志望する高校へ行くには明らかに偏差値が足りていない事実を突きつけられたばかりの私に、下駄箱で仁王立ちの琴子が声をかけてきた。

「あかん。白紙や、白紙」

合格判定『D』の刻印を押された通知用紙と一緒に丸めて吐き捨てた私の言葉に、琴子の耳の端がひくっと動いた。

「じゃあうちと一緒のとこ行こうや」

琴子が志望していた高校は、これからの半年間全く勉強せずとも合格圏内だと、つい先ほど担任から慰めるように言われた学校だった。

あまりにも大雑把な進路指導だったから、その高校の生徒に失礼ではないかと担任を軽蔑してもよかったが、その時私はやけくそであった。

「ええよ！」

担任に言われた通りその日から私は自分のための受験勉強を一切しないことに決めたが、ちらと覗《のぞ》き見た琴子の成績表を見て唖然《あぜん》とする。琴子がその高校へ入るにはまったく学力が足りていなかった。

当時の琴子は「芥川賞《あくたがわしょう》」を「芥川城」と認識しており、芥川龍之介《りゅうのすけ》は戦国時代の武将で、「アンネの日記」のアンネ・フランクはセックス・ピストルズなんかと同時代のパンクロッカーだった。更に見るものすべてが新しい二歳児みたいに一日に三十回は「は？　なにそれ」と言った。なぜか夏目漱石《なつめそうせき》に関してだけは「なんかこのおっさん会ったことあるかも。猫飼ってへん？」と勘の良さを発揮したが、受験はそんなに甘くない。

琴子に勉強を教えながら流れるように受験が終わり、合格発表がされた。木製の掲示板に模造紙が貼り出され真っ先に自分の番号を見つけた琴子は腕を組みながら得意気に

「フンッ」と鼻で笑った。二人とも「おめでとう」も、もちろん歓喜のあまり抱き合い泣き出すなんてこともなくさっさと喧騒《けんそう》を後にし、自転車を走らせ商店街のたこ焼き屋「ぽん」に向かった。

お祝いにしてはいつもと変わらない場所だったが、前日に「ぽん」を営む金髪の兄ちゃんが「琴子が合格したらなんぼでもタダにしたるわ！」と豪語していたので、見事合格した琴子は舐《な》められたことに対する怒りもあり、私も協力して店のたこ焼きを食べ尽くす計画を実行した。途中から明らかに蛸《たこ》が小さくなったことに対して琴子が「こんなんたこ焼きちゃうわ！　ヤキじゃ、ヤキ！」と一喝し、昼過ぎだというのに蛸が品切れになった「ぽん」の兄ちゃんは半泣きで琴子に謝罪した。

食べ終わってコーラを一気飲みしたあと、琴子は恐竜の鳴き声みたいなゲップを一発かまして「あ、全部出て行ったわ」と半年続いた便秘が解消されたみたいにすっきりした顔で言った。琴子にとって解の公式やフランス革命の年号や歴代総理大臣の名前やレ点なんかは排泄物《はいせつぶつ》と同じ扱いだったのだろうか。

悪びれずコーラをおかわりする琴子を見て、私は素直に「よかったな」と言ったのだった。

春が来て私と琴子はまた同じ制服を着ていたが、去年も今年も琴子とはクラスが分かれた。

しかしいつからか琴子はよく授業をサボって南棟校舎三階のひとけがまるでなく、一番奥の個室のドアが壊れているので替わりにビニール製のカーテンがぶらさがっている男子トイレで煙草《タバコ》を吸うようになった。

初めこそ期間の短い恋人と一緒に過ごす無料のラブホテルだったのだが、三ヶ月も経たないうちに琴子はそこへ束《つか》の間《ま》の愛を持ち込むことをやめた。

暇を持て余したのだろう。またしても私に声をかけた。

「エンあんた、授業中なにしてるん」

勉学に勤《いそ》しむ以外に何をすることがあるのだろうと思ったが、そんな事を言えば琴子は爪を噛み出すだろうから、何も言わないでおいた。

「暇してんねやったら、来《き》いや」

しかし私は現国の授業で習っていた「こゝろ」に心酔していて「琴子くん『精神的に向上心のないやつはばかだ』やで」などと言い、かけてもいない眼鏡《めがね》をくいっとあげる仕草をしてインテリを気どったが、無情にもKが死んだところで「じゃあああとは各自で読んでください」と教師が言い放ち「こゝろ」の単元は終わった。

更にその頃教卓に一番近い席になり、私は生物担当のカエル顔教師の鼻にしこたま鼻くそが詰まっているのに気付いた。唾を飛ばしながらミトコンドリアの構造について喋《しゃべ》っている最中に彼がくしゃみをし、なんと鼻くそたちが私の机やノートに不時着！　教科書を放り投げ、南棟男子トイレへと駆け込んだ。

「やってられんわ！」

すらりと長い脚を外に投げ出し窓に腰掛けていた琴子は、振り返り煙草の煙を吐くと、にやっと笑ったのだった。

琴子の吸う煙草はピンクの箱で、私の父が吸っている煙草よりも長くて細いし、頭がくらくらする甘いにおいをトイレに漂わせる。

私が吸うと「ちんちくりんのどんぐりがイキがってる」と思われそうなものだが、琴子が薄い唇に煙草を挟み口から魂を出すようにうっとりと煙を吐く姿はとてもしっくりくる。

以前琴子に「煙草吸ってすぐにキスすると苦いん？」と聞いたことがある。

琴子は不敵に笑って言った。

「じゃあ今、してみる？」

こういうところに男の子たちは「やられる」のだろうと思った。

ちなみに琴子は私の事を「エン」と呼ぶけれど、私の名前は「縁」と書いて「ゆかり」と読む。

初対面の人には琴子のようにそのまま読んで「えん」か、似ている漢字の「みどり」と間違われる。

私が生まれた日に死んだ曽祖母が、私が生まれる（つまり曽祖母が死ぬ）五日前につけた名前らしい。

「縁」と書いて「ゆかり」。

曽祖母ではなく、いつもベージュと言うにはくすみ過ぎた色のセーターを着ている祖母だったら、古くさい簞笥《たんす》の臭いを連想させる名前をつけていただろうし、お風呂掃除とお菓子作りが大好きな母だったらなんのひねりもない、嚙んでも嚙んでも味のでてこない名前になっていただろう。

私は自分の名前が嫌いではない。

「縁」と書いて「ゆかり」。

だけれど琴子は「エン」と呼ぶ。

「なんかあんた、ゆかり言うよりエンっぽいわ」

転校してきたばかりの七歳の琴子が自己紹介もせず、担任に「細野目《さいのめ》さん、席はあっちよ」と諭されるのも無視して私の目の前に立って言った。

私はそれを聞いて「あぁ、そうなんか」と阿呆《あほ》みたいに素直に思った。

五年生のとき、クラスでよく悪さをしていた男子が琴子の気を引くために琴子の真似《まね》をして「おい、エン」と私を呼んだ事があった。

私は一瞬で頭に血が上って、男子をボコボコにして病院送りにしたらしい。「らしい」というのは後で、「あたり前田のクラッカー」が口癖の担任に聞いたからだ。

私はその時の記憶をなくしていた。男子をひとしきり殴って気絶したのだ。

目を覚ますと、規則的に小さな穴がびっしりと打たれた天井が見えた。保健室だった。

誰かの鼻をすする音が聞こえ右を向くと、琴子が泣いていた。

「エンって呼ばれるの、そんなに嫌やったん?」

泣きじゃくる琴子が言ったが、私ははて何のことかと思い、それよりいつも「ひょうひょう」という言葉をでかでかと額に書いて歩いているような琴子が泣いていることに動揺した。

琴子の涙を止めるために脳みその皺《しわ》をぎゅっと搾って出した答えは、

「琴子だけは、ええねん」

言った途端に鼻の奥に刺激が走り、私も泣いた。

それはもう大声で、世界の終わりみたいに。

私たちがお互いの前で泣いたのは、それが最初で最後。

「ナリヒラくん」の話をしようと思う。

琴子は人生で初めて片思いをした。その相手がナリヒラくんだ。

二ヶ月前の夏休みに入る前日。私と琴子は自転車で登校しながら嘆いていた。

「なんでこのクソ暑いなかチャリ漕《こ》いで学校行って、更にクソ暑い蒸し風呂体育館に全校生徒集まって終業式なんていう我慢大会せなあかんねん、クソ」

琴子の口からは日常的に「クソ」が登場するが、特に頻度が増すのは琴子曰《いわ》く「クソ暑い夏」と「クソ寒い冬」だ。

「あのクソ校長汗かきすぎやねん。春の始業式の時点で二リットルくらい汗かいててんで、今日とか汗出し過ぎて死ぬんちゃうか。あの世界一クソな話するために」

「きっと命を懸けて伝えたいんやな。夏休みやからって浮かれて問題起こすなよ、勉強しろよ、不景気やけど将来ちゃんと税金やら年金納めて生きていけよって事を」

「それもクソみたいに抽象的な言い方に換えて、やろ」

「未来、希望、夢！」

そんな事をわめいているうちに学校に到着してしまった私たちは、言うまでもなく終業式をサボることに決めた。

まず全校生徒が体育館に招集されたことを確認して、渡り廊下の陰で涼む。

校舎と校舎を結ぶこの廊下は吹き抜けになっていて風が気持ち良い。

コンクリートの床に寝転んで体の熱を奪わせる。

琴子はあぐらをかきながらスカートの中を下敷きで扇《あお》いでいる。

「パンツ見えてんで」

「エンに見せても減らんし」

じゃあ誰に見せたら減るのか。その時交際していた野球部の恋人くんに対しても、琴子はきっと同じように言っただろう。

「そら色々あるやろ。数学の桑田《くわた》とか」

それは、減るな。

数学教師の桑田は女子のスカートの長さにやたらと厳しい。

昨日膝丈《ひざたけ》だったスカートが今日膝より一センチ上がっている事に目敏《めざと》く気が付くのだ。

私は女子生徒のスカートの丈に対して際限なく情熱を保てる桑田をはっきりと蔑視している。もしあれが自分の父親だったら、気丈に生きていける自信がない。娘がいたとしても同情する。桑田が独身でよかった。

廊下には怒号が響き渡り少数派のミニスカートの女子生徒はすぐさまウエストの折をなくして伸ばすが、琴子だけは決して屈しない。

琴子と桑田が校内を追いかけっこしている姿は私たち二年にとっては日常風景だ。

その後はチャイムが鳴るか桑田が他の捕獲対象を見つけるか、琴子が女子トイレに逃げ込むかで決着がつく。女子トイレに逃げ込むという方法はフェアでないらしく桑田は顔を真っ赤にして「細野目、卑《ひ》ッ怯《きょう》やぞぉ！」となぜか「卑」の部分で声を裏返して叫ぶ。

「卑ッ怯やぞぉ！」はお調子者が集まるサッカー部男子を中心に少しの間流行《はや》ったが当の琴子は「最近ああいう芸人流行ってんの？　クソうざいからはよ消えんやろか」と一蹴し、彼らが琴子に構われたいという思いが報われることはないのだった。

気付けば私たちは風通しの良い渡り廊下で眠っていて、チャイムが鳴ると同時に目を覚ました。

賞金でもかかっているのかと思うほど体育館から教室までを全力で駆ける男子たちの足音がしたので、スカートの埃《ほこり》も払わずに慌ててその場を後にした。

今更教室に行ったところで、クラスメイトに詮索されたり先生に怒られたりするのがおちで、それが面倒くさかった私と琴子はいつもの場所へと向かった。

「今日はあんまり持ってへんから、エンにあげられるの一本だけやで」

小遣い前で煙草が買えないらしい琴子だがサボりに付き合わせていることにみじんこ程には罪悪感を覚えているのだろうか。たまに私に煙草をくれる。

貰《もら》っている手前言えずにいるが、実は甘い煙の味が私にはイマイチしっくり来ていない。けれど私は今日も煙草を貰う。

時間を潰すためのおしゃべりの種はほとんど尽きてしまったのだ。

南棟のトイレに到着し中へ入ろうと扉を引く。

その瞬間、滝のように止めどなかった蟬《せみ》の声がやんだ。

真上に昇った太陽の光がトイレの窓という小さな入り口を見つけ遠慮なく床にふりそそぎ、照り返す鋭利な眩《まぶ》しさに目を細める。

ピンと張った空気の中に、先客がいた。

私と琴子は初めて現れた部外者に神経を尖らせる。

骨張った長い指の先が申し訳程度に蛇口から出ている水に触れていた。腕まくりした長袖のカッターシャツから伸びる小麦色の腕、薄い肩、はっきりと浮き出た喉骨《のどぼね》。

私は、静止した。

逆光に透ける、産毛が生い茂った頰に水が伝っている。

彼は、泣いていたのだ。

首筋に伝う汗と同じ、当たり前の生理現象のように涙を流していた。

私たちに驚くでもなく、ただまっすぐにこちらを見つめる男子生徒の瞳には消えない閃光《せんこう》が宿っているのに、佇《たたず》まいは夕暮れ時に頰を掠《かす》める風のようで、決して触れられない静けさがあった。

私は不意に起きた目の前の出来事を処理しきれずほとんど縋《すが》るように琴子を見る。

いつどんなときも飄々《ひょうひょう》としている琴子ならこの状況下でもきっと落ち着き払ってい

るに違いない。

しかし琴子も、静止していた。

ドアに手をかけたまま、まばたきもしない。

心が粟立《あわだ》ち頭の中で「パン」と弾《はじ》ける音がきこえた。

男子生徒が袖で顔を拭って立ち去る。

その後ろ姿に琴子が叫ぶ。

「なあ、何組！」

男子生徒は振り返った横顔、少しかすれた芯のある声で「五組」とだけ答えた。

何故《なぜ》組を聞く、名前を聞くべきだ。

いや、名前だったら返事をしてくれなかったかもしれない。相手が一番答え易《やす》く、こちらにとって有益な情報になり得る問いを、琴子は一瞬で導き出したのだった。

私は暫《しばら》く呆然《ぼうぜん》としており琴子の「エンあんた、汗すごいで」という声に意識を取り戻す。

確かにその時私は額から物凄《ものすご》い数の汗粒を噴き出させており、首を傾けた途端、しんと冷たい廊下の床に水たまりが出来そうなくらいの汗が零《こぼ》れた。

琴子を見る。さっき男子生徒が立っていた場所を見つめる琴子の長い睫毛《まつげ》がふるえている。ゆっくりと上下する胸、今まで琴子はこんなにも深く丁寧に呼吸をしていただろうか。

目の奥がちかちかと疼《うず》く。うるさくて、耳の穴をほじった。

夏休み三日目の深夜二時、すでに昼夜逆転生活が身についていた私の元に琴子から着信があった。どうやら琴子の生活リズムも同じらしかった。

「エンわかった。ギョーヘイくんや」

急に暗号を言われたかと思いメモをとったが、さっぱり何の事かわからず「何が」と疑問符を打つと琴子は早口で、

「アホあんたあの男の子に決まってるやん、トイレの。同じ二年やった。二年五組。サッカー部のギョーヘイくん、ギョーヘイくんよ」

自分の持つ情報を全て口にした琴子は用が済み、急に黙った。

そうか、あのトイレで泣いていた男の子はギョーヘイくんと言うのか。

「ちなみに、ギョーヘイて、名字？　名前？　てか韓国人か何か？」

「アホあんた、しょくぎょうのぎょうに、たいら、やんか。名字、日本人」

「職業」の「業」に「たいら」は「平」。業平。

「なぁ琴子、それ『ナリヒラくん』ちゃうん」

「は？　何言うてんの、ギョーヘイでなりひらとか、どう頑張っても読まれへんわ」

私は先ほどの琴子よりも早口で在原業平《ありわらのなりひら》という平安時代の歌人について説明した。実を言うと私も「在原業平」のことを「ざいはらぎょうへい」だと思っていた。

しかし中一の秋、クラスメイトの赤い眼鏡をかけたブタ鼻の女の子に返却されたばかりの古典のテストを覗かれてしまう。彼女は持ち前のブタ鼻を利かせ私の答案に記されたバツを見つけた。

「縁ちゃん問二のとこ『ざいはらぎょうへい』て読みはったん？　おかしいわあ。この人『ありわらのなりひら』っていうんよ？」

容姿の関係か、一々鼻につく言葉選びをするせいか私はブタ鼻赤眼鏡を心の底で見下していたのだろう。彼女からの指摘に尋常ならざる屈辱を感じひどく赤面したのを覚えている。

イマイチ納得していないのか琴子は「はあん」と曖昧に言葉を濁す。

「とにかく名前わかってん。ぎょー……ナリヒラくんよ」

よっぽど「ギョーヘイくん」の印象が強いのであろう、琴子の脳みそはすぐに変換しきれない。その事に鼻から嘲笑の息が漏れてしまい、琴子は怒って電話を切った。

ついでに言うと「ナリヒラくん」を見たあの日、琴子は恋人に、有無を言わさず別れを告げた。

夏休みが終わる三日前、真夜中の虹を見た。

私はエアコンが嫌いで、部屋がサウナになっても冷凍庫になってもエアコンをつけない。大きな窓があるから、網戸にしていれば風が通るし、寒い時は母の作ったはんてんを着て寝ればいい。

午前二時頃、外から雨の匂いがしたので寝る前に窓をしめておこうと思った。幸いいつもより涼しい夜だったから、窓をしめても扇風機だけつければ夜はしのげる。窓際にたつと、雨の匂いがしたはずの空に雲は少なく、ぽっかり浮かんだ満月がこっちを見ていた。満月はいつもより大きく、挑発的な光を放っていた。少しだけ、琴子みたいだと思った。ぐぐ、とお腹《なか》の音が鳴る。私は満月のときに生理が来る。きっと朝起きた時、パンツに赤い染みがついているだろう。いや、ナプキンをして眠ったほうが良いだろうか、なんて考えていたらいつのまにか、満月のまわりに虹がでていた。

その虹は、母が庭の花壇の水やりをする時や、雨上がりの校庭にかかるものではなく、満月のまわりに大きな円を描いていた。藍色の空の上にあるからか、見慣れていないせいか、昼間に見る虹よりも頼りないような、どこか不器用な七色だった。

私は、ナリヒラくんを思い出した。

九月になってからすぐに、私と琴子は二年五組を覗きに行った。

普段あまり他人に興味を示さない琴子が他のクラスの教室を覗いているというので、男の子たちはそわそわ、女の子たちはぴりぴりしていた。

そんな中、周囲の思惑に全く取り込まれない男の子が一人。

ナリヒラくんだった。

ナリヒラくんは真ん中の列の後ろから二番目の席で、頰杖《ほおづえ》をつきながら何も載っていない机の一点を見つめていた。

初めて見たときよりも髪の毛が短いように感じる。頰に触れている彼の指はやはり骨っぽく、長い。伏し目がちの無表情にはどこか憂いを感じさせるものがあった。

琴子を見る。なんと彼女は息をしていなかった。

「琴子、死ぬで」と声をかけると、ダーッと大声で息を吐いた。

その声に生徒たちがはっきりと琴子に視線をむける。その中にはナリヒラくんも含まれていた。

琴子はその隙を見逃さない。

「私、細野目琴子。さいのめ、ことこ、二組。覚えとって」

あまりに突然のことでほとんどの生徒が琴子に注目したので、誰に投げかけられているかもわからない言葉は勿論《もちろん》皆に届いたが、琴子は真っ直ぐにナリヒラくんを見つめていたし、ナリヒラくんは一瞬視線を動かし、目で頷《うなず》いたように見えた。

琴子はそのことを確認すると、短いスカートを翻《ひるがえ》し颯爽《さっそう》と廊下を歩いて行った。

取り残された私は琴子に向けられた皆の視線を引き継いでしまい、たじろぐ。

ナリヒラくんを見るとやはり彼とも目があった。

「エン、行くで」と右耳が琴子の声を捉える。

視線を外す間際、ナリヒラくんが私に会釈した。


それ以来、琴子は放課後になると渡り廊下に足を運び、サッカー部の練習に黙々と打ち込むナリヒラくんを見つめている。

お互いがお互いを認識したおかげですれ違う際にいくつか言葉を交わすようにはなったようだ。

しかし今まで男の子に対して自分からアプローチをしたことのない琴子は話題らしい話題を見つけられず、聞こえた会話は大体、

「今日も暑いな」

「うん、そうやな」

「今日も部活なん」

「うん、走ってる」

というあまり意義のあるものではなかった。

琴子は最近「クソ」と言う頻度が減り、溜息《ためいき》が増えた。

元々溜息は多かったが、増えたのは心底気怠いという類《たぐい》のものではなく、どこか幸せの匂いと悲しみの色が漂う変な溜息だ。

私はたまにこうして琴子のサッカー部見学に付き合っている。

琴子があまりにもナリヒラくんに夢中だから暇を持て余した私は『向日町コンクリート』のタンクの事など、誰に与えられたわけでもない主題を思考し導き出した答えを琴子にとくとくと論じてみるのだが、琴子の鼓膜はまったく震えない。

日が暮れる。部活動に励む生徒たちがグラウンドからぽつぽつといなくなる。

サッカー部も本日の練習は終わりのようだ。クラスメイトでサッカー部キャプテンの岡田《おかだ》が部員たちの円の真ん中で何かを言っている。

私と岡田は一年の時も同じクラスで、何度か近くの席になった事もありよく話をする。

一八〇を超える長身、きりっとした太めの眉と少しタレ気味の目、大きな口でにかっと笑うとおひさまの下で嬉《うれ》しそうに芝生をかけまわる柴犬《しばいぬ》を思わせる。

彼が女の子たちの胸を騒がせるのは顔立ちのせいだけでなく、一瞬で状況を理解し皆が敬遠するような面倒くさい物事であっても引き受けてしまえる決断力にあると思う。

放課後の掃除時間、早く部活に行きたい岡田は掃き掃除をするついでに黒板の上のほうに手が届かない女の子を見つけさらっと黒板を拭く。さっさと掃き掃除を終えると今度は重たい机を次々と持ち上げ運ぶ。ゴミ捨て誰行く？　俺いやや、私もぉ、なんて無駄なやりとりをする男女の後ろを、エナメルバッグを肩にかけた岡田が通り過ぎる。もちろん手にゴミ袋を持って。

三年が引退する前から彼がサッカー部の次期キャプテンになることは周知の事実であったし、もし近い将来教師たちから生徒会長になってくれと言われたら「あ、はい」とだけ言って立候補するだろう。

だから、女の子たちは、彼を放っておかない。

私が岡田と初めてちゃんと話をしたのは一年の秋で、古典の授業中だった。せ、し、す、する、すれ、せよ等の活用語尾をつらつらと書き記すだけの小テストが返却されたとき、後ろの席の岡田が話しかけてきた。

「古典得意なん？」

「ふつう」

「満点やん」

「まあ」

「朝、机に手紙入っとってんけど」

「え？」

「これ、訳すの手伝ってくれん？」

岡田は机から薄い桃色の紙をとりだした。開くとその紙にはこう書いてあった。

月見ては　人を思ひて　明けやらぬ
あまりてなどか　溢るこころを
一の三　ニシノカスミ

「……和歌やん」

見慣れない文字の羅列に一瞬「一の三　ニシノカスミ」までが本文だと思ってしまった。正直心の中で「先生に聞けよ」と思っていたが、そのとても誠実で美しい文字から香り立つ感情は歌の意味がわからなくても伝わる。こんなに知的で繊細なラブレターをもらう岡田という男は、いったい何者なのか。その日は昼休み返上で、私と岡田は辞書片手にニシノカスミの歌と向き合った。訳し方の法則を摑《つか》むと今度はよりいい表現はないか考察する。例えば「明けやらぬ」は「夜がなかなか明けない」だけれども「夜が永遠に思える」のほうが彼女の気持ちを汲《く》めるのではないかとか。

最終的に意訳は「夜ほんま長すぎ、やばいつらい」という知能指数の低い文になり、私たちは初心に立ち返って出来るだけシンプルに訳すことに決めた。

六限目の美術の時間、校内でモチーフになるものを探しデッサンするという課題に集中するふりをしながら、ついに私と岡田は訳を完成させた。

月を見てるとあなたを思い出して、夜がとても長く感じます。

これ以上、溢れ出す心を我慢できません。

一の三　ニシノカスミ

古文で思いをしたためるという熱量、なにより飾り気のないまっすぐな言葉に胸を打たれた。ニシノカスミの誠意に応えるべく岡田は返事を書いた。和歌での手紙に驚いたこと、今は部活が楽しくて誰とも付き合う気はないということ、でも気持ちは嬉しい、ありがとう。たったそれだけのことを書くのに随分時間をかけていた岡田に「手伝おうか？」と聞くと岡田は「自分の言葉やから、いい」と机にかじりつきながら言った三日後、古文で書いた返事を完成させた。

だけど一年三組にニシノカスミという人はいなかった。念のため二年三組と三年三組も回ったがおらず、とうとう岡田は返事を出せなかった。

教室に戻ってきた岡田にいたずらの可能性を示唆すると岡田は「でもまあ、ええかって気になるわ」とどこか清々《すがすが》しい表情で言った。

「ニシノカスミは見る目あるな」

「うるさいわ」

この一連の出来事を通じて、私と岡田は話すようになった。

その頃から、たまに辺りから黒い蒸気みたいな気配を感じる。そういう時は決まって岡田と「すかしっ屁《ぺ》をしたあといかにかっこよく誤魔化すか」とかしょうもない議論をして笑い転げているときで、蒸気はもちろん岡田のことを思う女の子たちから発せられているのだけれど、琴子といるときに感じる男の子たちのギラギラした視線との違いに慣れるのに少し時間がかかった。

彼女たちの目に映る岡田はきっと完璧なのだ。将来きちんとした大人になって自分に幸せをもたらしてくれる姿が目に浮かぶ、まるで青い鳥のような存在なのだろう。

私は岡田の弱点を知っている。彼は私の元にふらっとやってくる琴子にいつもの頼りがいのある眼差《まなざ》しとは正反対の、子犬のような瞳を見せる。

ひどく低俗な話をしながら馬鹿笑いしているときでも、琴子の空気を感じると一瞬で黙ってしまう。

一度だけ、岡田はぽつりと言葉を落としたことがあった。

「あの人ってなんか、ちゃうよな」

その哀れなほど無垢《むく》な視線は、教室を出て行く琴子の背中に刺さらない。

琴子はきっと岡田の事を認識していないだろう。岡田もたぶん気付いている。

わかっていても彼の瞳は正直で、瞼《まぶた》の内に隠すことをしない。

そんな岡田を見ていると、火を見ているような気持ちになる。

意識は火に気を取られぼうとしているのに、胸の内で何かがゆらゆらと、揺れる。

その感情の名前を考えていると無性に喉が渇いて、シャツの上から胸元をごしごしと掻きむしりたくなるのだ。

最近ようやく気が付いたのだが、岡田はよくナリヒラくんの傍にいる。

部活中は頻繁に言葉やハイタッチを交わしているし、移動教室の際、廊下ですれ違う時も岡田がナリヒラくんにタックルしたり肩を組んだりしているところをみると、どうやら二人は親しいようだ。

しかし琴子の目に映るのはナリヒラくんだけ。ナリヒラくんを見つめる琴子にグラウンドにいる岡田がちら、と子犬の瞳を向けている。

夕日の橙《だいだい》が目にしみる。そろそろ帰ろうと振り返ったところに生物のカエル顔教師が立っていた。提出していない課題を催促しにきたのだ。今まで上手《うま》く逃げてきたのに一ヶ月近くも期限が過ぎた夏休みの課題を要求してくるなんてしぶとい。

琴子は「じゃあうちは帰るわ」と、彼の授業をほとんど受けていない事や、いたとしても机に突っ伏し眠りこけている事について言及されかねない状況をひらりと躱《かわ》し、足早に去っていった。

私は仕方なく教室に戻り、机の底から一度も出したことのないテキストを引っ張り出す。

開くと微生物の生態を簡略に描いた図や、気候の変化についての現象がつらつらと書かれ、所々が虫に食われたように穴あきになっている。

教科書からそれらしい答えを抜き取り埋めていくと、あれだけ敬遠していた課題は三十分もかけずに倒してしまった。

誰もいない廊下をばたばたと歩き、職員室の建て付けの悪い扉をこじあけると、催促してきたくせにカエル顔教師は先に下校していた。やつの机にテキストを投げつけ、大股気味に駐輪場へ向かい学校を後にした。

学校の門を出た途端、辺りが蒼《あお》く薄暗いことに気が付く。

もうそろそろ、秋がやってくるのかもしれない。そうなれば琴子はナリヒラくんともう少しまともな会話が出来るようになるだろうか、岡田は琴子に認識されるべく何か行動を起こすのだろうか、そんな事を考えながら自転車を走らせる。

駅の近く、向日町コンクリートのタンクが見えてきた。

申し訳程度に取り付けられた一本の街灯が明かりを灯《とも》し始めている。

その心許《こころもと》ない光の下に、ナリヒラくんはいた。

自転車にまたがりタンクを見上げている。

思わずブレーキを握ると、油を差していない私の自転車は甲高い声を上げ停止する。その音に静かに反応したナリヒラくんはこちらを見て「あ」という顔をした。すぐに自転車を漕ぎ出せばいいものを、私の足は動かない。

「エンさん、やんな」

ナリヒラくんはまるで警戒する様子もなく声をかけてきた。

「琴子やろ、私の名前教えたの」

喉が震えるのをなんとか押し殺す。

「教えるいうか細野目さん、エンさんの話よくするから」

「琴子が私の話？」

「うん。今日はサボり付き合ってくれへんとか、足のサイズが十三歳から変わってないとか甘い玉子焼きを好きなのが理解出来へんとか、色々。やから俺、エンさんの事結構知った気でおるねん」

私は自分の情報が他人にあけすけに公表されていたことよりも、琴子とナリヒラくんが思ったより多く言葉を交わしていたという事実に驚いた。

言葉に詰まった私を見てばつが悪くなったのだろうか、ナリヒラくんは私が来る前と同様に、再び向日町コンクリートのタンクを見つめる。そして言った。

「なあ」

「ん?」

「あの中って、何入ってるんやろう」

「タンク?」

「そう」

「そら工場で製造された溶岩みたいにどろどろのコンクリートちゃう」

可愛げなく即答してしまう。確かめたわけではないが、漠然とそう思っていた。

そういえば昔、父に同じ質問を投げかけたことがあった。

「ご飯残したり人を傷つけたりした悪い子があの中に入れられてしまうんやで」と、ひょろりと背の高い父は言った。

私は物凄く恐《こわ》くなってその日の晩ご飯を米一粒残さず食べた。

父は私を脅かす嘘《うそ》をつくのが好きだった。

ナリヒラくんにその話をすると、

「じゃあ、悪さした人間はあそこに入れてしまえばええんやな」

街灯の光を背負って控えめに笑ってみせた彼の姿は、夜が来る直前の薄い闇に攫まれて消えてしまいそうだった。

思わず引き止めようと言葉を探すが出てこない。

こんな時、琴子なら無遠慮にでも人の心に触る方法を思いつくのだろう。

ナリヒラくんはまたタンクを眺め、私はそのナリヒラくんを眺めた。たった五メートルほどの距離なのにひどく遠い。

ふと思い出す。あの日のナリヒラくんの手を、腕を、肩を、首を、濡《ぬ》れた瞳を。

今、彼の頬に涙は伝っていない。少し安心する。

父と母は稀《まれ》に喧嘩《けんか》をするが、父が理論という剣を持って執拗《しつよう》に母を責めると、感情という脆《もろ》い盾しか持たない母は対抗出来ず泣いてしまう。そうなると父はいつも「泣かれたら、かなわんわ」と言って剣をしまうのだ。

ナリヒラくんがもしまた泣いていたら私はきっとそう思うだろう。

「泣かれたら、かなわん」

小さな声で呟《つぶや》く。ナリヒラくんの耳には届いていない。

風が強く吹いた、少し肌寒い。何かを思い出したように私はそれじゃあと言って、自転車のペダルを踏んだ。

十月半ばになっても蟬はまだ鳴き止《や》まない。

古典の授業が自習になった五限目。

「最近サボらんなあ」

前の席の岡田が話しかけてきた。

琴子がここ三日、風邪《かぜ》で学校を休んでいる。

きっと本人は自覚していないが岡田は遠回しに琴子の容態を聞きたいのだろう。

「最近言うても主に三日やろ。そんないつもサボってへんわ」

無自覚であろうと思慮深さを感じさせるその尋ね方に少し意地悪い回答をしてやった。

岡田は困ったようにうなじを掻いて「いつまでこんな暑いんやろ」と話題を逸《そ》らす。

周りの同級生たちよりも遥《はる》かに出来た人間であるはずの岡田の不器用さがおかしくて、頭を叩《はた》く。

すると奴が小学生みたいに消しカスを飛ばしてくる、こうなると私たちはもう駄目だ。

しばらく消しカスの投げ合いを続けていると岡田が言った。

「そういえば最近、業平も学校来てへんわ」

一瞬何を言っているかわからなかった。岡田の発する「業平」が私や琴子の言う「ナリヒラ」とは少し違うことを知る。

精一杯興味がなさそうに「なんで?」と返すと「知らん」と言われた。

「たまにガバッと休むことあんねん、あいつ」

「ふうん」と、琴子がよくやる相槌《あいづち》を真似してみる。

ナリヒラくんとはタンクの前で会った日から会話していない。

琴子は今も足繁《あししげ》く五組に通い放課後もサッカー部見学を継続してはいるが、特に進展はなさそうだ。

けれどももしかして、私の知らないところで二人の関係は進み、学校を休むことを示し合わせてデートに行く間柄になっているかもしれない。

そう思うと急に焦りが生じて、学校が終わったら琴子の家にお見舞いに行くことを決意したのだった。

なんとなく物欲しげな背中をしていた岡田に誘いを投げかけてみたが「部活や、アホ」とそっけなく言われてしまい、自分の気遣いが心底阿呆らしく思える。

放課後、教室の掃除は学級委員の真面目な女の子に任せて学校を後にした。

お見舞いだから何か見舞い品が必要かと思い、コンビニで百八円のシュークリームを買う。

琴子の家は商店街の近くのアパートだ。

家の前に自転車を停《と》めていると、ふわりと声が降りてきた。

「あらあ、ゆかりやない」

琴子の母親は商店街の『スナックかえで』でママをやっている。

だから私は「琴子のお母さん」とは呼ばず町の人たちと同様に彼女のことを「楓《かえで》ママ」と呼ぶ。

楓ママはいつも歌うように喋り、踊るように歩く。

その姿に、父が一番好きだという映画を思い出す。

少年のような女の人が山々に囲まれた高原で手を広げて心の底から「楽しいわー！」と言ってるようなパッケージが印象的なミュージカル映画。家のテレビ台にＤＶＤが置いてあるが私はまだ観《み》たことがない。父は決まって母や私が寝静まる深夜に映画を見始める。トイレに行くついでに居間を覗くと、暗い部屋でテレビの光をうけて肌の色をかえられてゆく父がうまそうに煙草を吸いながら、女の人の歌声に合わせ小刻みにリズムをとる姿を見かけた事が何度かある。

「楓ママ、琴子おる？」

琴子が部屋にいなかったら、きっと今頃ナリヒラくんとデートに出かけているに違いないと私の頭は疑いの念でいっぱいだった。

「あの子、アホやのに風邪ひいて悶《もだ》えてるわあ」

一瞬でつかえていたものがとれて安堵《あんど》した私は楓ママに別れを告げて、玄関に散乱する女物の靴の間を縫って家に上がる。

琴子の部屋のふすまを開くと物凄い熱気が私を追い返さんとばかりに襲ってきた。

なんとか持ちこたえて薄目で見ると、冷えピタを額と両の頬に貼り、顔だけをだして布団に埋まっている琴子がいた。「エンあんた……何しにきたん」といつもの物言いだが棘《とげ》がまるで抜けきってしまった弱々しい声で私を迎える。

見舞いにきた旨をつたえると琴子はゾンビのように布団から起き上がり、私の買ってきたシュークリームを受け取る。

「なんでこれなん……重たすぎるわ」と毒づきながらも袋をあけた。どうやらボロボロの見た目よりは元気なようだ。

ナリヒラくんとの逢瀬《おうせ》を疑っていた事は心のなかでそっと詫《わ》びた。

「そういえば、岡田が琴子のこと心配しとったで」

「え、なんて？」

「やから、岡田が」

「岡田て誰」

今の今まで確認こそしていなかったが、これで琴子が岡田を認識していないということが仮定から事実に変わってしまった。少し岡田に申し訳なくなる。

岡田という出来た男について琴子に説明してやっても良かったけれど今の琴子に言っても明日には忘れるだろうし、岡田にとっても本意ではない気がするのでやめておく。

「ナリヒラくんが」と私が発すると同時に琴子が爆風のごとく鼻をかんだ。

それにもかかわらず琴子は律儀に「ナリヒラくん」という単語を捕まえる。

「ナリヒラくんがどないしたん」

岡田の名前は聞き取れなかったのにこの違い。

「ナリヒラくんも学校休んでるらしいで」

今度は「えっ」という声と同時に爆発音のようなくしゃみをかました琴子はそのまま再び爆風のごとく鼻をかみ「三日間、寝込みながら損したと思っててんけど、そうでもなかったんやな」と体は弱っているけれど、図太い精神は手放していないようだった。

「エン、台所の棚の二段目に煙草あんねんけど、とってくれへん」

全く快調でないのに煙草を求めてくるあたり神経を疑うが、まあそれが琴子だ。

煙草を渡してやると鼻をヒューヒュー鳴らしながらうまそうに一服する。

「はよ学校きいや」

「うちがおらんで寂しいんやろ」

「アホ言え。サボる口実なくしたもんやから真面目腐って授業うけてんねん」

「エンあんた元々勉強好きやん。別に無理に付き合わんでもええんやで」

反論出来ず一瞬止まってしまった私を見て琴子は、

「まあ、サボりに来たいんやったらええけど」と嫌味っぽく笑った。

琴子の皹割《ひびわ》れたくちびるから煙が漏れている。今琴子とキスをしたら舌が痺《しび》れそうだと思う。

すると途端に目の前にいるボロボロの琴子が得体の知れない美しい妖怪に見えた。

恐ろしさと、自分の想像に対する恥ずかしさが入り交じり「私お母さんにおつかい頼まれてんねん。たまねぎ二つとしいたけ」と、具体的な嘘をついて立ち上がる。

「エン、また明日なあ」と楓ママみたいに歌うような声が私の背中に届いた。

扉を閉めた途端、中から爆発音のくしゃみが聞こえて笑ってしまった。

嘘をついた手前なんとなく心地が悪かった私は賑《にぎ》わう商店街の八百屋で誰に頼まれたわけでもないたまねぎとしいたけを購入する。

もうだいぶ夕方が短くなった。まだ十八時前だというのに既に辺りは暗く、街灯も点《つ》き始めている。

商店街を抜けてスーパーのある大通りを通る。この時間、買い物をする主婦や目一杯遊んだあとの小学生、部活帰りの中高生で溢《あふ》れかえるため、自転車の走行速度が著しく低下し苛々が募る。

大通りの一本裏手にある団地の裏道を通って帰ることに決め、ペダルを漕ぎ出す。夜に変質者が出ると噂《うわさ》になり人が寄りつかなくなったこの道を、小学生の頃は琴子とよく通った。

地域には誰かが勝手に定めた学区というものが存在し、東小学校と西小学校の学区は見えない線で分けられていた。

私の住む住宅街や琴子の住む商店街の付近は東の学区なのだが、この団地に住む子たちは西の学区だった。商店街と団地とはほんの少しの距離なのに、私たちは世界を分断されるのだ。

団地の、公園と呼ぶには物がなさすぎるほとんど空き地のような空間に、東の子供の出入りはタブーだった。

ここが西の子供たちのナワバリであることは地元の子らにとって暗黙の了解事項だったのだ。

しかし転校してきたばかりの言わばヨソ者である七歳の琴子はそんな事を全く理不尽だと思い、颯爽と見えない壁を蹴飛ばしに行った。

空き地のボス猿は五年生の女の子だった。

コンクリートブロックの塊がいくつか廃物のように置かれている中で、一番高く積まれたブロックの上に座れるのは、ボス猿の彼女だけだった。

琴子は空き地に足を踏み入れるや否や空き地内の力関係を嗅ぎわけ、見事にボス猿のみを狙って撃ち落としたのである。

私は琴子の勇姿に圧倒され、同時に心が高揚するのを抑えようと必死に己を保っていた。あっという間に決着がつき、鼻血を垂らすボス猿の女の子に私は椅子の絵が鏤《ちりば》められたやわらかいハンカチを渡した。母は花柄やリボン柄のハンカチばかり持たせたがったが、私はこの椅子柄のハンカチが一等お気に入りで、使うとしたらこんな劇的な使い方にしたいと常々思っていたのだ。ボス猿の女の子は「こんな可愛いの、よう使えへんわ」と泣き出してしまった。

横では琴子が「エン、私も膝擦りむいたんやけど！」と痛みなど微塵《みじん》も感じていないくせにのたうち回っていた。

敵の奇襲だと固唾《かたず》を呑《の》んだ西の子供たちだったが何せ小学生。一度殴り合ってしまえば翌日からは世を謳歌《おうか》する友である。ボス猿の女の子と琴子と私は仲良くなった。

彼女は丸顔で肌が黒い「原田《はらだ》さん」というお腹の少しでた女の子だった。

しばらくの間、私と琴子は原田さんや団地の子供たちと遊び、時たま喧嘩した。

一度だけ、原田さんが私たちを家に招待してくれた事がある。

嬉しくて意気揚々と団地の一室に上がり込んだのだが、そこには私たちの日常とは少し違う光景があった。

台所にはカップ麺などインスタント食品の食べかすが散乱し、コバエがたかっていた。テーブルの上は煙草の灰皿と酒の缶が大量に転がっていて、原田さんの母親は今日の琴子みたいに布団に丸まり、原田さんが「ただいま」と言っても動かない。

それは来客がある度何かしらお菓子を作ってくれる私の母とも、片付けは苦手だがいつも朗らかな楓ママとも違った。

原田さんは素直に驚いてしまった私たちを見て「お母ちゃんいつもああやねん。太陽が出てるとあかんねんて」と少し恥ずかしそうに鼻の頭を触った。

それじゃあまるで吸血鬼だと思った。でもこの違和感を原田さんには絶対に悟られまいと、私と琴子は必死に「いつも」を演じた。

原田さんの家からの帰り、私の前で自転車を漕ぐ琴子が「うちら、ガキやな」と言った。

私も「うん、ガキや」と返した。

それから少しして、原田さんはどこかの町へ引っ越した。

私も琴子も、あの日の原田さんの家の様子や動かない母親、どこか寂しそうに私たちを見送る原田さんの笑顔が心にもやもやと残っていて、いつしかこの道を通らなくなった。

久しぶりに通ったこの道にいるのは小汚い猫や銀杏《ぎんなん》にたかる烏《からす》くらいのもので、変質者どころか人がいない。あの頃のようにどの季節も半袖半ズボンで走り回っていた子供たちはどこに消えたのだろうか。

街灯のないこの通りにただ一ヶ所、ごうごうと鳴きながら不健康な程の明るい光で辺りを照らす自販機がある。

コカ・コーラの赤い自販機とワンカップが並ぶ酒用自販機。まだあったのかと懐かしく目をやると、より年季の入った酒用自販機の前に男がいることに気付いた。

薄汚いスウェットのズボンを少し下げ酒用自販機の釣り銭口に己のモノを突っ込み、さらにそれを出し入れしている。

私は何故か男の行為に気付いた瞬間ブレーキを強く握り止まってしまった。いや、あまりの衝撃に体が硬直し動かなくなったと言うのが正しい。

男はぼさぼさで白髪交じりの頭頂部をこちらにむけ、尻の割れ目を三センチほど出し「お菓子はよろしく頼むで、お菓子はよろしく頼むで」と自販機に向かって喋りかけていた。

異常だ、びりびりと総毛立つ。なのに私は男から目が離せない。何の義務もないのに、男の自慰行為であろうそれをただ呆然と見続けていた。

本当に存在したのだ、変質者は。目の前の出来事に私の脳みそは然《しか》るべき対処が出来なくなり、謎の感動さえ芽生え始めていた。

反対側から誰かが走ってくる。「誰か」は自販機をファックする男に何の躊躇《ためら》いもなく近づき背中を叩《たた》く。

「親父《おやじ》、帰るぞ!」

自販機の光に照らされた「誰か」の顔を見て思わず声がでた。

「あ、ナリヒラくん」

ナリヒラくんは私を一瞥《いちべつ》したがすぐに自販機ファック男もとい、彼の父親に向き直り自販機から父親を引き剝がそうと奮闘し始めた。

奇声をあげる父親が彼の背中や肩を拳で叩いていた、ナリヒラくんは顔を歪《ゆが》めながら抱きかかえるようにして父親を宥《なだ》め、引きずり歩き出す。

「お菓子はよろしく頼むで、お菓子はよろしく頼むで」とナリヒラくんの父親は尚も言い続けていた。

そのまま二人は暗闇に消えていった。

私は何が起きたのか理解出来ず、気が付くと自室のベッドの上で天井を見つめていた。

深夜一時を回った頃、携帯の液晶が光った。琴子からメッセージ。

『明日学校行くでー』

琴子の言う明日はもう今日なのだけれど、と思う。

どうかあの光景を夢に見ませんようにと願って眠りについた。


朝、学校へ行くと宣言通り琴子は復活を遂げていた。

さすがに三日も休んだので少し焦りが生じたのだろう、琴子は珍しく丸一日全ての授業に出席し職員室の話題をさらった。

本来なら当たり前のことなのに騒ぎになる琴子はずるいという子もいたが仕方ない、琴子はそういう星のもとに生まれたのだ。

移動教室でちらと五組を覗くとナリヒラくんの姿があった。

私の前を歩いていた岡田がナリヒラくんに手をふる。二人は軽口を叩き合いながら楽しそうだ。

一瞬、ナリヒラくんが私を見る。その目は息を呑むほど静かだった。

放課後、病み上がりの琴子はサッカー部を見学せずに家に帰った。

私は一人、教室で日が暮れるのを待って駐輪場に向かう。

自転車を漕いで、駅へ近づく。

『向日町コンクリート』のタンクは、今日もどしりと動かない。

そしてやっぱりそこには、自転車にまたがりタンクを見上げるナリヒラくんがいた。

私も真似してタンクを見る。

どのくらい経っただろう、目の前の線路を電車が何度か通り過ぎ、辺りは薄暗く、完全な夜に差し掛かっていた。

ひんやりとした風に肩がふるえる。

ナリヒラくんが控えめなくしゃみをした。彼も少し肌寒いようだ。

「ナリヒラくん、ご飯食べた？」

唐突な問いかけに彼は鼻をこすりながら「いや、まだ」と答えた。

「じゃあ私の家においでや。ご飯、食べよう」

「え、いや、でも」

「ええやろ高校生なんやしちょっと遅くなるくらい。岡田とマクド行ってたって言えばええやん」

「それは岡田に悪いなあ」

「ええよ岡田やし」

「まあ、えっか。岡田やし」

こちらを向くがどことなく焦点の合わないナリヒラくんの目を見て、少し後悔する。でもきっと今の彼に必要なのは逃げる場所なのだ。ずっとは無理だから、一瞬だけ。琴子にとっての煙草や、私にとっての琴子のいる南棟のトイレと同じように。

琴子の顔がちらつく。ついでに岡田の犬みたいな瞳も浮かんでくる。

自分の行動に、胸を張って正しいと言う自信がない。

でも、これからの長い人生、完璧に「私は正しい」と断言出来ることなんてあるのだろうか。

私の後ろを自転車でついてくるナリヒラくんを一々確かめながら帰路を辿《たど》る。

「ちゃんと見えてるよ、エンさんの背中」

あまりにも私がちらちらと見るものだから、ナリヒラくんは言ったのだった。

琴子以外を夕食に招待するのは初めてのことだったので玄関で私たちを出迎えた母は一瞬驚いていたが、

「ナリヒラくん。学校の友達」

「突然お邪魔してすみません。業平です」

ぶっきらぼうな私の紹介と、礼儀正しくお辞儀をするナリヒラくんの挨拶が終わる頃には母は笑顔で「ちょうどからあげ多めに揚げちゃったんよね」と言った。

帰宅した父もはじめこそ見知らぬ男の子が平然と我が家の食卓を囲んでいることに身構えたが、母の時と同じようなやりとりをかわすと「ああそうか、そうか」と言って普段通りの父に戻った。

父と母があまりにもいつも通りで何故か私のほうが居心地悪く感じてしまい、大皿に盛られた唐揚げを二つも三つも頬張っていると「ゆかりちゃん、ペリカンじゃないんやから危ないわよ」と母がゆるやかなツッコミを入れる。ぷすっと屁をこき「ゆかり、おならもからあげの臭いや……」と言ってごはんをかきこむ父に「お願いやからほんまにやめて」とうなだれた私を見て、ナリヒラくんが笑う。

目尻にきゅっと皺を寄せて八重歯が覗く彼の笑顔はあどけない。

そういえばいつか、琴子がうちに来て夕飯を食べた日の帰り道で「なんかエンの家、ええよね」と珍しく穏やかな口調で言った事があった。ナリヒラくんもそう思ってくれているといい。唐揚げは前日からタレに仕込んでからっと揚げる母の得意料理だし、父のおおらかさは熱すぎない温度の銭湯にいるみたいで心地いい。

どうか月のない夜に、ナリヒラくんが今日のことを思い出しますように。無責任な私は願うことしかできない。目があったナリヒラくんに悟られないよう、慌てて唐揚げにしぼったレモンのカスを吸う。苦い苦い苦いすっぱい苦いすっぱい。せわしない感情にきりきりとこめかみが痛んだ。

食事が終わり、一般人に軽いドッキリを仕掛けるバラエティ番組を見てがはがはと笑っていると、ナリヒラくんが静かに立ち上がって「じゃあ俺、そろそろ帰ります」と言った。

父と母は、ナリヒラくんの声を聞くなり「ゆかり、送ってあげなさい」と声をそろえた。

家を出ると、数時間前より更に寒くなっていて「最近、秋すっとばして冬来てることない？」と文句を垂れる私に「確かに、昼は蟬も鳴いてるし、暑いのになあ」とナリヒラくんは当たり障りない返事をしてくれる。ナリヒラくんは続けて思い出したように、

「あ、あと、ゆかりって言うんやな」

「ああ名前？　うん、そう」

「エンさんて呼んでたの、気い悪かった？」

「いや、そうでもないけど」

「じゃあ、ええか」

こんな付き合いたてのカップルみたいなもどかしい会話を自分がしていることに居《い》た堪《たま》れない感情がおしよせる。琴子なら血が出るくらい爪を噛んで、煙草を同時に三本くわえて火をつけるだろう。でもよく考えたら、恋人の絶えない琴子は、日常的にこんなことをしてきたのだ。あの琴子が。信じられない。

線路沿いをしばらく自転車を押して歩く。何度か会話が電車の音に掻き消されていった。

そしてまた『向日町コンクリート』の文字が見え、タンクの前に来てしまう。

ナリヒラくんは癖のようにタンクを見上げて立ち止まる。

やっぱり私もつられて立ち止まる。

タンクより遥か上の夜空を仰ぐ、今日は星があまりいない。

小さく溜息を漏らす。息が白く浮かんで消えた。

「私らって、ガキやな」

私の声に反応してこちらを見たナリヒラくんはすぐ俯《うつむ》いて、ぎゅっと目をつむった。

目の前にいる男の子がまるで迷子になった小さな子供に見える。

きっと彼の無駄なく引き締まった細い体にはたくさんの跡がある。シャツに覆われた肩や背中、ズボンに包まれた太もも。それは愛の証《あか》しなんかじゃなくて、制御のきかない彼の父親が、もはや彼の事を息子だと認識出来ないままつけた、重たい傷跡なのだ。

「おかんが、出ていってん。五日前に」

街灯に照らされた地面を見つめながら、ナリヒラくんはぽつぽつと言葉を落とした。

「今までも出て行ったことはあった。でも三日とか経つと帰ってきてまあ、いつも通り。けど今回は違う。あの夜、おかんは俺の目を見てはっきりと『ごめんな』って言うた。それで、いなくなった」

実際に見た筈《はず》もないのに、その光景が脳裏に浮かぶ。

きっと彼の佇まいは母親ゆずりなのだろう。

冬の寂しい木を思わせる、線の細い人に違いない。

「元々一番しんどかったのはおかんやったし、しゃあないと思うねん。でも、やから、そうなる前に俺がどうにかしたったらよかった」

そう言って再びタンクに目を向けた彼は本当に暗闇に吸収されてしまいそうで、咄嗟《とっさ》に手首を掴む。冷たい骨の感触、私の手のひらの熱で溶かしてしまわないだろうかと、ありえない不安を押し殺して、

「悪さした人は、あのタンクの中に入れてしまえばええよ。でもその悪さをするっていうのは、ナリヒラくんのお父さんには多分、当てはまらん」

彼の父が、そうなりたくてなっているのではないのだということは私にも理解出来る。テレビでみたり、母が親戚と電話で似たような境遇の親戚のことを話すのを聞いたことがある。若いと進行が早いらしい。完治しないらしい。あくまで知識だったそれらが、昨日、現実になって現れた。

そして今、そこから逃げられない人が、目の前で泡となって消えてしまいそうに立っている。

掌に爪が食い込むほど堅く握られた彼の拳が震えている。

あの日のように、泣いてるわけじゃない。

けれどあの時よりよっぽど心細い表情をしている。

手首から伝わる微《かす》かな震えを止める方法を、私は知らない。

「お前、業平と噂になってんぞ」

朝練を終えたばかりでまだ熱を抱えたままの岡田が席につく。

「うるさい、黙れ、阿呆」

岡田に言われなくてもわかってる。

昨日、コンビニを通ると駐車場には同級生と思《おぼ》しき男子生徒数人がたむろしていた。

余計な誤解を生まないようにナリヒラくんとは出来るだけ簡易的に別れの挨拶をした

が、夜に男女が二人でいるという事に何の意味もないと思えるほど彼らの想像力は枯渇していない。

教室に入るなり恋愛話が大好きな女の子二人組に話しかけられたし、岡田が来る前にサッカー部の連中が「あれ」とわざわざ廊下から指を差してきた。さすがにその行為は品がなさすぎると憤慨したので今日の前にいる何の罪もない岡田の肩を殴る。

岡田は私の憤りを受け止め、何も聞かずにいてくれた。

良い奴だ。今度琴子に紹介してやろうかと思うがやはりやめておこうと思い直す。

琴子、といえば昨日少し無理をして学校へ来たため、帰宅するなり熱がぶりかえし、午前中は休んで昼前に登校するそうだ。つまりまだ噂は耳に入っていない。

そのことだけが唯一の救いだ。

私のナリヒラくんに対する感情は、琴子のそれとは明らかに違う。

私は偶然彼の秘密を目撃してしまったために、繋《つな》がるはずのない点と点に線を生じさせてしまったのだ。

二限目の終わり、渡り廊下を歩く琴子の姿を見た。明らかに南棟トイレに向かっている。

鞄《かばん》を持ったままなあたりきっとまだ教室にも行っていない。

私は急いで琴子の背中を追う。

「なんやエンあんた、そんなに私に会いたかったん?」

あっけらかんとした琴子の耳に噂は入っていないようだ。

トイレで一服する琴子の横顔を見ながら切り出すタイミングを見計らう。

「エンあんた、えっらいブスやで」と、こちらの気苦労も知らず琴子は笑う。

この際勢いだと私は琴子にナリヒラくんとの事を打ち明けた。

ただ、彼の父親の事はふせたので偶然会ったナリヒラくんを夕食に誘い、帰りに送っただけという支離滅裂な内容になってしまったのだけれど。

しかし琴子は怒った様子もなく「はあん」と、煙草の煙を吐くついでに返事をした。

それきり話は打ち止めになり、いつものように他愛《たわい》ない話をして放課後はサッカー部見学に付き合った。

いつもと違ったのは部活が終わったばかりのナリヒラくんを琴子がデートに誘った事だ。

ナリヒラくんの隣にいた岡田の顔は見ないようにした。

土曜日の朝、琴子からの着信に出ると「エンあんた今すぐうち来て、助けて」とだけ聞こえて電話が切れた。

昼過ぎまで寝る予定だった私は重たい体を起こし仕度をして自転車に乗る。

どうせたいしたことではないだろうと踏んでいたが本当にその通りで、琴子の家へ行くと「今日のデートに着ていく服について客観的な意見が欲しい」との事だった。

「心底どうでもええわ」

私は本来ならまだ夢の中にいた筈なのだ。

琴子は「エンちゃん頼む！」と珍しく、本当に珍しく私に頭を下げた。

私の覚えている限り、頭を下げる姿を最後に見たのは十二歳の夏、この家にゴキブリが出た時だ。

楓ママが仕事で不在の夜、一人過ごす琴子の前に「やあ」とおぞましい生き物が登場。道中すべての信号を無視して自転車を漕ぎ私の家に来た琴子は強引に私を引きずり「お願い！　殺して！」と懇願した。

結局一度家を出てしまったためにゴキブリを見失い駆除出来なかった。

琴子の喚《わめ》きは止まず結局二人で『スナックかえで』に向かい、客たちに囲まれ歌い踊り少し酒を貰《もら》い、気付けばソファで朝を迎えたのだった。

なんとそれ以来実に五年ぶり、オリンピックよりも貴重な出来事である。

今日、琴子はナリヒラくんとデートする。電車で京都市内まで出て遠足で訪れる度「見飽きたわクソ」と悪態を吐《つ》いていた清水寺《きよみずでら》などを回ってそこらであんみつでもつつき「次どうする？」なんて言いながら鴨川《かもがわ》あたりを歩くのだろう。「デートって何するん？」と聞いた時「集合家、解散家、時々ラブホやな」と言っていた琴子からはあり得ない程健全な高校生の休日だ。

その健全なる計画を成功させるべく着ていく服を私に相談してきたのだ。

「今着てるのでええやん」

綺麗《きれい》なブルーのパーカーとショートパンツを合わせた健康的なスタイルだがどうやら琴子は気にくわないらしい。

「いやでもやで、いつもの阿呆どもとちゃうねんでナリヒラくんやで。ワンピースのひとつでも着たほうがええんちゃうかと思うんよ」

顔も覚えていないが「集合家、解散家、時々ラブホ」だった恋人たちに少し同情する。あれやこれやと簞笥の中の服という服を着散らかした琴子は結局最初に着ていたブルーのパーカーとショートパンツという「あえてラフにしてやましい感じをなくす」服装に着地した。

私は早々に琴子のファッションショーに見飽き黒い綿棒で耳クソをほじるのに熱中した後、うとうとし始めていたが琴子の「あかん！　時間があかん！」という大声に起こされ、慌ただしく出て行く琴子から鍵を預かり「帰るときいつものとこに置いといて！」と言われ一人取り残された。

急に静かになった室内から動くのも億劫《おっくう》だった私はこの家に居座る事に決めた。

琴子の荒らしていった服にくるまり、琴子の匂いに包まれ眠りにつく。

目を覚ますと、窓からの光が傾いていた。

いつの間にか帰宅していた楓ママが遅めの昼ご飯を作っている音が聞こえる。

「ゆかりちゃん、おはよお」と、やっぱり歌うように聞こえる楓ママの声に顔がほころぶ。

楓ママの作ってくれた野菜炒《いた》めと水気が飛んでいないべちゃべちゃのチャーハンを食べながら、琴子がデートに行くまでの経緯を話すと楓ママは「あの子もやっと、恋愛はじめたんやなあ」と、冷やし中華みたいな言い方で琴子の成長を喜んだ。

「でもあれよ、初恋は叶《かな》わへんのよねえ」

楓ママはありきたりなジンクスを口にしたけど、琴子ならそんなものは蹴散らして初恋だろうが世界征服だろうが叶えてしまいそうだ。

「ゆかりちゃんはあ、どうなん？　初恋」

優しく、けれど悪戯《いたずら》っぽく笑う楓ママはさすがだなと思う。

何にも考えていないようで何でもお見通し。だからみんな楓ママの店に行って話を聞いてもらいたくなるのだ。

私はチャーハンの最後の一口を呑み込んで、

「あかん。ボロ負け」

頬杖をつきながら、野良猫を手懐《てなず》けるみたいに私の額を撫《な》でる楓ママの手はあたたかい。

「ほんまかあ」

琴子がいなくても私はこの家に入り浸る。昔からよくあることなのだが、さすがにもう高校生なのでお手伝いもしてみる。洗濯物や布団を干したり、楓ママの肩を揉《も》んだり、ゆるやかに日が暮れていくのを眺めて楓ママのキャスターを吸ったりしながら過ごした。そろそろ帰ろうかなと思い始めた頃に琴子が帰宅する。

肩で息をしながらジャガイモが阿呆みたいに詰まったビニール袋を握っている。

「何事？」

琴子は苦い顔をしながら言い放った。

「あかん、あかんわ。投了！」

楓ママはそれをまったく無視して「あらあ、こんなにジャガイモどないしよ」と琴子の手にある袋をとりあげて台所へ持って行った。

「なんか帰りにそこの八百屋でジャガイモ投げ売りみたいなんやっててジャガイモたちに感情移入してもうた。ああ可哀想《かわいそう》やなあって。やからうちが残らず拾ったろうと思ってん」

「いくらしたん？」

楓ママは聞きたいことだけを聞く。

「五十円」

私と楓ママは一緒に声を張った。

「やっすー！」

晩ご飯は、楓ママが嫁入り道具として母親から受け継いだたこ焼き器でつくる自家製たこ焼き。

タコは高いからと、楓ママが特売で買ってきたちくわを入れて焼いた。

ついでに琴子が大量に買ってきたジャガイモを細かく切って入れてみたが、ジャガイモは別の料理にしてやったほうが確実に報われるだろうという結論に至った。

琴子は親の敵《かたき》のようにたこ焼きを次から次へと口の中へ放り込んでいった。

「そんな食べたらまんまるなるでえ」

楓ママが笑うと、たこ焼きを頬張った琴子が言う。

「ええねん、もう、ええねん！」

ウルフルズの歌を楓ママと私で合唱して、琴子の苛々は更に募っていく。

帰りに琴子が私をちょっとそこまで送ると言ってきたので、自転車を押して二人で商店街を歩く。

ナリヒラくんとのデートは上手くいかなかったのだろう、その愚痴を言いたいがために私を送ってくれている。隣でふて腐れる琴子を見て微笑《ほほえ》ましい気持ちになった。

琴子と歩いていると、先ほど琴子がジャガイモを買った八百屋の店主や最近髪を赤に染めたたこ焼き屋の兄ちゃん、花屋のおばちゃん、潰れそうなおもちゃ屋の爺《じい》さん、すれ違う人に一々声をかけられる。

琴子と楓ママは十年前にここへ来て、沢山の人たちに助けられ、たまに厄介事に首をつっこみ巻き込まれ、それでも笑って過ごしてきたのだ。

琴子に父親はいない。初めて琴子の家に招かれた時琴子が言った。

「うちに父親はもうおらん。お母ちゃんとは色々あって別れた。けど、俺は未来の父親やとか言ってくるおっさんやら若いのはいっぱいおる。見境ない奴は琴子の旦那候補でもええでとか言ってきよるねん。五十とか過ぎたおっさんがやで？　阿呆や」

小学生の私は、琴子はたくさんの父親たちに囲まれているのだと思った。

楓ママが二十代で『スナックかえで』を出せたのは、大阪の北新地《きたしんち》のスナックで働いていた時の客にこの商店街出身者がいたのが始まりだった。

武市《たけいち》さん、というその客はスナックに通っては楓ママに話をした。

自分の母親がママをやっていたカラオケスナックが向日町の商店街にあり、二年前に母親が病を患って入院してから店は休業状態だという。

元々は武市さんの祖母が始めた店で、祖母の死後は母親が継いだ。

武市さんは三兄弟の末っ子。兄二人は結婚し、長男は九州、次男はドイツで働いている。独身の武市さんだけが大阪で働いていた。

もう先が長くない事を知っていた武市さんの母親は、継ぐ人のいない店は取り壊して土地を売ってしまおうかと思っていたのだが、町の人々の思い出が強力な研磨剤を使ってもとれないくらいこってりと染みついていて、どうも踏ん切りがつかずにいたそうだ。

母親の思いを知る武市さんはベロベロに酔っ払いながら楓ママに話をし、最後には必ずこう言った。

「楓ちゃんがあそこで店開いてくれたらワシは幸せや。商店街の奴らも安心する。楓ちゃんならすぐ手懐けてしまうわ。やからもしほんまにどうしようもなくなったらまずワシに言い。なんでもしたる」

初めこそ楓ママも聞き流していた。

だが琴子が六歳になった頃、当時働かず毎日家とパチンコ屋を往復し、苛々すると家中を滅茶苦茶《めちゃくちゃ》にし暴力を振るう旦那と別れる決心をした楓ママは、武市さんに一番に相談をした。

これから琴子を女手一つで育てていくこと、この土地を離れようと思っていること、働き口のこと。

楓ママの話を一通り聞き終えた武市さんは、大きな口をにかっと開いて、

「よっしゃ、ワシがなんとかしたる」

そして漫画みたいに親指を立てたそうだ。

それからはあっという間で、武市さんは母親から店を他人に譲る承諾を得、幼馴染みの大工に店を改装してもらい、商店街連絡網をつかい存分に宣伝し『スナックかえで』をオープンさせた。

住居も武市さんの中学の後輩が社長である不動産屋にお世話になり、格安で貸してもらえた。

まさに至れり尽くせりである。

「そんなにしてもらって、楓ママは武市さんに結婚迫られたりせんかったん？」

小学生ながらに不思議に思い尋ねると、琴子も難しい顔をして、

「それがそういう話は一回もせえへんらしい。武市のおっさんが家に来たのやって引っ越しの手伝いの時くらいやったし。金をせびられたりも、ない」

「それは、ようわからんな」

「せやろ。やからほんまもんの仏様か、ほんまもんの阿呆か、インポのどれかやとうちは思ってる」

「インポって何？」

「エンあんた、そんなんも知らんの？　今日お父ちゃんに聞いてみぃ」

その夜父に「インポって何？」と食卓で聞いた私は父を赤面させ、母を青ざめさせた。思い返すともの凄く恥ずかしい。あの頃の純真な自分か、平然と「父親に聞け」と言った琴子をぶん殴ってやりたい。

そんなわけで、武市さんの真意はわからないが琴子と楓ママはこの商店街に馴染み、生活している。

『スナックかえで』は老若男女から愛され繁盛している。

すれ違う色んな人に声をかけられ煩わしくなった琴子はいよいよ無視をし始めた。

みんな、そんな琴子を見て笑う。

琴子の眉間の皺はより一層深みを増し、このままだと般若《はんにゃ》に化けてしまいそうだと心配になる。

もうすぐ商店街を抜ける。

琴子の言う「ちょっとそこまで」が終わってしまう。

一向にナリヒラくんとのデートの話を切り出そうとしない琴子に何か尋ねてもよいのだが、言葉が出てこない。

商店街のアーケードの下で「じゃあ」と言おうとした私を遮って琴子がやっと口を開いた。

「全っ然、楽しなかった」

思っていた通りの感想だった。

私は用意していた反応をする。

「え、なんでよ」

琴子は少し黙って、言った。

「やってナリヒラくん、エンの話ばっかりする」

心臓が摑まれ一瞬、息が止まる。

「あんな空気読まれへん男もうええわ。クソ！」

琴子が踵《きびす》を返して走りだす様子が突如としてスローモーションで私の目に映る。

耳の裏から心音が聞こえる。どくどくとうるさい。

琴子の背中が遠くなる。

引き止めたいのに声が出ない、足も動かない。

声出ろ、足動け。

琴子、行かんとって。

気付いたら二学期の中間試験が迫っていたので、南棟トイレに行くのをやめた。

はじめこそ岡田は真面目に授業を受けている事を冷やかしてきたが、その話題になると明らかに不機嫌になる私にお手上げ状態になり、何も言わなくなった。

あの日以来、私は琴子との距離を測りかねている。

琴子に会わないよう教室内に留《とど》まり教科書や問題集にかじりつき、時にはクラスの女の子たちの取り留めのない話に頷きながら時間をやり過ごす。

移動教室の廊下なんかでどうしても琴子に会ってしまったときは精一杯そつなく手を上げて挨拶を交わすが、煙草を吸ったときのように、喉のあたりが気持ち悪く息苦しい。

ナリヒラくんはあれから何かと話しかけてくる。といっても挨拶程度なのだが、その度「ああ」とか「へえ」としか言わない私にきっと戸惑っている。

彼は何も悪くない。失敗したのは私だ。

自意識過剰だと言われそうだが、琴子のナリヒラくんへの気持ちを知っていたにもかかわらず、ナリヒラくんの気持ちを自分に向かわせてしまった。

自習となった数学の時間、岡田に教えてもらいながら徐々に法則を理解し、するすると解けていく数式がゲームのように思えてきて高揚している私に「昼休み話あるねんけど」と岡田が言った。

弁当を食べたらすぐに勉強をしたかった私の「別に今でもええで」という返事に「今はあかん。昼休み、屋上前の踊り場な」とだけ言って、返事を待たずに自分の机に向かった。

直感的に琴子のことだろうと思う。

やっと琴子に自分の存在を伝えるべく告白する気にでもなったのだろうか。

しかし今の私ではいかんせん役たたず。

琴子との関係性はもはや岡田以下。何なら岡田と入れ替わりたい。

そうすれば何のわだかまりもなく、琴子に話しかけられるのに。

「ずるいわ」

口を尖らせる私を横目で見て、

「お前には負けるわ」

と、岡田は苦笑した。

昼休み、弁当を食べ終えて岡田と廊下を歩く。

水道の近く、琴子が珍しくクラスの女の子と楽しげにお喋りをしているところを目敏く見つけ立ち止まってしまう。

昼休みの廊下に響く喧騒が急に遠くなる。まるで水の中にいるみたい。水槽の中の魚ってこんな感じだろうか。手をのばしても、透明の壁に遮られてしまいそう。

「おい、行くぞ」

岡田の声を合図に音が戻って来た。

琴子がこちらに気付く前に廊下を抜ける。

屋上前の踊り場は、年中静まり返っていてほこりっぽい。

「なんでわざわざこんな所なん」と聞くと「ここが一番誰にも聞かれへん」と岡田が答えた。

きっとここで何度か淡い愛の告白をされた事があるのだろうと察する。

やはり琴子の事だろう。と思った矢先に「業平の事やねんけど」と言われ拍子抜けする。岡田は続けた。

「この間、業平が学校たまにガバッと休むって言うたやろ。あれの理由が知りたい」

率直な問いと真剣な眼差し。こいつに嘘は絶対につけないことを思い知る。

「何で私に聞くん。ナリヒラくんに直接聞いたらいいやん」

「あかん、あいつは絶対言わへん、誰にも。でもお前は知ってるやろ？」

岡田は、私とナリヒラくんの関係が琴子絡みではないことをわかっている。

「あいつ、業平ってたまに色んなこと全部抱えてるって目するねん。そういうとき声かけても全然気付かんのに、お前見た瞬間にめっちゃ安心してる子供みたいな顔になるやから、なんか知ってるんやったら教えて欲しい」

ここまで言われたら逃げられない。

ナリヒラくんには本当に申し訳ないと思いながらも、私の見た出来事を岡田に話す。

彼の父親の異常な行動、その介護に追われていた母親の失踪によって、あまりにも辛《つら》い現実がナリヒラくんを取り囲んでいること。

話を終えると岡田は「わかった。ありがとう」と言って、階段を下りていった。

秘密を抱えることは、思ったよりも私の心に重くのし掛かっていたようだ。

岡田に打ち明け、どっと疲れた。

五限目の授業は、生理痛を装って保健室で眠ることにした。


それから一週間が経ち、現在試験三日目。

明日はいまいち友達になりきれない数学が相手だ。

図書室で自習しようと思い扉を開けたが、既に同じ思考に至った生徒たちで一杯だった。

仕方なく、皆が帰った空の教室に戻る。

時計の音が響く中、私は数学の問題集と激闘する。

三角関数問題はラストスパートに差し掛かりサイン、コサイン、タンジェントの方程式を使い分け、ストレートパンチを決めてθ《シータ》の値を導き出す！

頭の中で試合終了のゴングが鳴り響き、あまりのうれしさに拳と共に顔をあげる。

「お疲れさまです」

目の前にはいつの間にか、ナリヒラくんがいた。

私は驚きのあまり悲鳴に近い声をあげてしまい、慌てて自分の口をふさぐ。

ナリヒラくんはふき出して笑いが止まらなくなった。

腹を抱えてひーひーと笑う彼を見てあの夏の日の、涙で頬を濡らしていた彼の顔を思い出せなくなっていることに気付く。

「岡田とはいつもそうやって笑ってんの？」

久しぶりに私からまともな言葉を投げると、彼は笑いすぎて目尻に浮かんだ涙を指で拭って「うんあいつ阿呆やから。それでさっきここにエンさんがおるって教えてくれたのも、岡田」と言った。

それだけのことで二人の仲の良さがわかる。

「ほんま阿呆やあいつ。腹たつ」

「ごめんごめん。俺のためやろうし、あんま怒ったらんとって」

ナリヒラくんは、優しい。

「ナリヒラくんは、優しいな」

頭で思って、口にもしてみる。

ナリヒラくんは俯いて「そんなこと、ないで」と前髪を掻き上げ額を触る。

校内放送で、生物のカエル教師が呼び出されている。

『金森《かなもり》先生、金森先生、校内にいらっしゃいましたら至急職員室にお戻りください。お電話がきております。金森先生、お電話がきておりますので至急職員室へお戻りください』

ブチッと音をたてて唐突に放送が切れると、静寂が気まずくて私たちは今までにないくらい沢山の話をした。

私は実は勉強が好きであること、ナリヒラくんはサッカーで推薦を貰って大学に行きたいこと、岡田はきっと将来何かを成すだろうということ、琴子が歴代の恋人たちに言ったひどい言葉集(一番ひどいと思ったのは、二ヶ月前に別れた恋人に再び告白された際「名前、なんやっけ」と平然と言い放ったこと)、もうすぐ冬が来そうなこと、そして。

「最近、お父さんはどうなん」

「今はちょっと落ち着いてる。まあ日によるけど、大丈夫」

「そっか」

「あんな実は、サッカー部の顧問から施設を紹介された。親父みたいな人らの面倒見てくれるところ」

わかりやすく「しまった」という顔になったであろう私を見てナリヒラくんは笑う。

「やっぱり、エンさんが岡田に言うてくれたんやな」

「ごめん」

「いや、岡田に聞かれたんやろ？」

「そうやけど、でも」

「あいつに怒られたわ。どうやったって俺らみたいなガキが抱えるには問題が大きすぎるやろって。岡田に言われたら大人に諭されてるみたいで、そうやなって思ってしまうわ」

「確かに」

「やろ？　まあやから、ええねん。それに顧問に言われたとき、やっと現実として受け取れた気する。ちゃんと考えなあかんって」

　あまりにも急速に大人になる彼の横顔に、何も言えない。

「そういえば一昨日《おととい》の夜中、ラジオから英語の歌が流れてきてん。曲名も歌手の名前も俺は知らんけど親父がそれ聴いて、ちょっと泣いてた」

「知ってる曲やったんかな」

「うん、多分。元気やった頃の自分を思い出せたんかな。なんていうか、悲しい感じではなかった」

「それは、ええな」

「うん。親父も必死に、自分が人間であることを確かめたくてもがいてるんやと思う」

ナリヒラくんの顔や声がとても穏やかだ。タンクを見つめていたあの夜からは考えられないくらい。

もしかして母親も帰ってきたのではないかと思ったが聞けなかった。

「そういえばおかんから、お金が振り込まれてた」

頭の中を見透かされたかと構えるが、そんなわけない。

「皮肉かもしらんけど、その額面見てちょっと心が落ち着いてん。金って大事やな」

彼の本音が溢れる。

「ちょっと前まで、泥の中に足突っ込んで抜け出せへん気がしてた。引っ張られているわけでもないのに、俺はそこから動こうともせんかった。やからおかんが出て行った時に何も言えんかった。『俺はどないしたらええねん』って尋ねることも。全部、自分の中でどうにかするしかないと思っててん。でも、そうじゃなかった。岡田みたいに引き上げようとしてくれる奴がいて、泥は全然深くないって教えてくれる大人が、ちゃんといた」

「うん、よかった」

「他人事《ひとごと》みたいに思ってるやろうけど、はじまりはエンさんやで。『私もとりあえず足突っ込んでみるわ!』って突然現れてくれたから。やからエンさんは俺のヒーロー。ほんまに、感謝してる」

ふいに舞い降りた言葉に目頭がじわりと熱くなる。

でも、泣いてはいけない。彼の強さを、無遠慮な感傷と共に流してしまうわけにはいかないのだ。きちんとこの目に焼き付けておこうと、唇をかたく結ぶ。

「ごめんな、変な事言って」

そう言ってまた前髪を掻き上げる。照れた時の仕草がわかりやすい。

「ナリヒラくん、真っ当に生きていってな」

真っ当に生きていく。それがどれだけ困難なことか見当もつかないが、ナリヒラくんはきっと大丈夫だ。額に手を当てたまま、こくりと頷く彼を見て確信する。

話が途切れて、待っていた静寂がやっと出番だと顔を出す。

ナリヒラくんがまっすぐに私を見た。

目が合う。あまりにも誠実な眼差しに、息のしかたを忘れる。

ナリヒラくんが何かを言おうとする。その前に私は、ナリヒラくんの目を両手で覆った。

「え？」

視界が閉ざされたことに驚き、私の手を退《ど》けようとするナリヒラくんにむけた「あかん」と震える声が耳の奥で聞こえた。まるで自分の声ではないみたいだ。

「私は、あかんねん」

ナリヒラくんは目隠しされたままだったが、静かにまっすぐに私を見た。

「俺は、エンさんって呼ばんほうがええよね？」

その一言に、心臓を殴られる。

私が阿呆やった。

ナリヒラくんの視界を解放する。瞳はもう、さっきとは違う色になっていた。

戸惑いを隠せない私の顔をみて彼は少し笑い、

「岡田がよく『あいつはずるい』て言ってる。自分が一生、一番近くにおるための計算をずっとしてるって」

「私が？」

「そう。岡田は君のことを多分一番わかってる。やから余計に腹立つって」

岡田にも、ナリヒラくんにも全部、お見通しだった。

そういえば、楓ママにもばれていた。

誰にも知られないつもりでいた、みっともなくて惨めな私を、この人たちは黙って見ててくれていたのだ。

急に自分が小さな子供になったみたいで恥ずかしく、鞄も持たず教室を飛び出す。

廊下に岡田が立っていた。

「卑怯や」

思わず口をついて出てしまった言葉に、岡田は今まで見たことのない恐い顔をした。逃げようとするが岡田に腕を摑まれる。岡田の手の熱が骨まで伝わる。

「お互い様やろ、阿呆」

「ごめん、ごめん、ごめん。離して」

私たちの横を女子生徒が四人通り過ぎる。視界の端に映った同じクラスの吹奏楽部の子が、岡田の険相を見てショックを受けているようだった。

その子たちが見えなくなり、岡田はゆっくりと手を離す。

「ええよ。許したる。俺はええやつやからな」

真顔で言うから、つい笑ってしまった。

「自分で言うな、阿呆。まあでもあんた程出来た人間と、これから先も出会う気せんわ」

「せやろ」

「やから告白、してみればええやん」

「阿呆かあの人絶対俺の事知らんぞ」

「あ、気付いてたんや」

「え、ほんまに知らんの？」

「あ、ごめん」

「まあええわ。これから努力するし」

「でもめっちゃ傷つくと思うで、あの子の言動」

「そんなん余裕や。やからお前もちゃんと傷つけ。逃げるな」

「うん。でも私は、絶対負けへん」

岡田は観念したように笑う。

「お前に言われたら、敵《かな》う気せんわ」


夜、唯一手付かずだった日本史と向き合ったあとベッドに潜ったが、放課後の出来事を思い出して眠れなくなってしまった。

ナリヒラくんの目から溢れる光、岡田の声に含まれた怒り、優しさ。

寝そべりながら窓の外をぼんやり眺めていると、空の色が変化してきた。深い藍色だった空の下のほうが、うっすらと桃色に染まっていく。体を起こして窓をあける。まだ月がでていた。満月だ。今日の満月は、小ぶりですこし可愛い。

「あ」

月の周りに、虹がでている。夏休みの終わりに見た、あの虹だ。だけどあの時、虹は広い夜空と眩《まばゆ》い月の光に飲み込まれてしまいそうだった。今日の虹は、やさしい満月の光のまわりで、うれしそうに七色を放っている。

「よかったな」

心の中でつぶやいたとき、虹は空の桃色部分に溶けて消えた。虹を見届けたのだから、月が眠るまで見ていてあげよう。私はじっと、満月が西の空に沈んでいくのを見ていた。

気が付くと、澄んだ水色が一面に広がっていた。

朝が来たのだ。

足が宙に浮いているようにふわふわとした感覚なのに、脳は、思考は、はっきりとしていた。

今、私はここに存在していると確かに感じ、まばたきをする。

琴子に会いたい。


不思議な全能感を纏《まと》いながら私は試験を受け、終了後も動かず席についていた。

黒板にかかる影が濃くなり窓の外を見ると、渡り廊下に人影が見えた。

こうなることがずっと前からわかっていたように静かに立ち上がり教室を出る。

心臓が誰かに小突かれているみたいにキシキシと痛むが、呼吸は落ち着いている。

渡り廊下に辿り着く。

夕日を真正面から受け止め、挑むように太陽を睨《にら》む琴子が立っている。

琴子は私と目が合うと駆けだした。

私は琴子を追いかける。

「来んな！」と「逃げんな！」を叫び合いながら、全力で廊下を走り抜ける。

案の定琴子は南棟のトイレに逃げ込んだ。

「なんで来んの！」

「なんで逃げんの！」

埒《らち》のあかないやりとりで核心に触れられないでいると琴子が言った。

「ええでべつに。ナリヒラくんと付き合っても」

その投げやりな言い方に私の頭の中でぷつっと糸が切れた。

「なんで勝手に決められなあかんねん！　あーもう岡田も琴子も腹立つ！」

「岡田て誰よ！」

「なんで知らんねん！　この学校イチいい男や！」

「知らんわ！　てかうちに気いつかってるんやろ！　そんなんこっちが惨めやわ！」

「あほ言えなんで琴子に気いつかわなあかんねん！」

「じゃあ何がしたいんじゃ！　エンのあほ！」

琴子は堰《せき》を切ったように泣きだした。

私は目の前の事態に慌てふためいて、止めどなく涙が流れる琴子の目を制服の袖でごしごしと拭うが、力をこめすぎているせいで「痛い！　痛い！」と琴子が怒る。

感情の忙《せわ》しなさがおかしい。

「何笑ってんの！　あほ！　エンのあほ！」

ごめんごめん、と言うものの笑いが止まらない。

「やっぱり私のことエンって呼ぶのは、琴子だけでええわ」

「意味わからんわ、クソ！」

ああそうだ、岡田が琴子にむける瞳にふつふつと苛立つのは、まるで自分を見ているようで惨めだったから。

眠れない夜はいつも、琴子の乱れた日本語を思い出して笑い安堵した。

ずっと秘密にしていたけれど中学生の時、琴子の部屋から彼女のお気に入りの靴下を片方だけ盗んで家に持って帰ったこともあった。

ナリヒラくんと出会ったあの日、私の頭の中で弾けた音は警笛だった。

琴子の恋人だった男の子たちに微塵も感じなかった「引力」を、ナリヒラくんは確かに持っていたから。

そのことが、私にとってはじめての脅威だった。

十年前のざわめく教室、私の目の前に現れた勝ち気な女の子は馬鹿みたいに真っ直ぐな瞳で、私に魔法をかけた。

「なんかあんた、ゆかり言うよりエンっぽいわ」

琴子の世界は、その勢いで、琴子を中心に回る。

琴子はその勢いで、他の人間も一緒くたにして回すのだ。

一度その輪に入ってしまったら、忙しなくて楽しくて、心地よくて抜け出せない。

「手のひらで踊らされる」なんて言葉があるけれど、私は思う。

琴子の手のひらで踊っていたい。

出来るならそれは、くるくると回る楽しげなワルツが良い。

私はずっと、琴子の世界の中にいたい。

琴子は、私の世界の中心だ。

少し柔らかくなった夕日の色に染められたトイレの中は、そこだけが孤立した世界のよう。

私たちはトイレの床だというのも気にせず地べたに座り込んでいる。泣いたことの恥ずかしさからか、琴子はこっちを見ない。

「琴子」

「なに」

「琴子」

「やからなんよ」

「ことこ、ことこ、ことーこ、こ、とこ、ことこことこことこ」

「ああ！　コトコトうっさいわ！」

やっと琴子と目が合う。さっき私が拭った琴子の目もとが赤い。

輪郭がはっきりと白くて、琴子自身が発光してるみたいだ。

「……やっぱり、きれいやなあ」

私の言葉を遮って、琴子はトイレットペーパーで爆風のごとく鼻をかむ。そのあまりにも琴子らしい行いに、私はまた笑い出す。

上手く息が出来なくなるほど笑い転げる私に、鼻声の琴子が言った。

「エンあんた笑いすぎ。世界のはじまりか」

解説――で、家族ってなんだろうか

武田砂鉄

　街から「何やってるかよくわからない人」がいなくなったと思う。自分が子どもの頃にはよくいた。現代では、そんな人は「不審者」とカテゴライズされるのだろうが、その三文字が似合わない「何やってるかよくわからない人」が確かにいたのだ。

　そこら辺をよく歩いていて、疲れると木陰に腰掛けている人。「おう、もう夏休みか」「はい」「宿題はギリギリにやればいいんだからな」「そうなんですか」「おっちゃんの頃はそうだった」。家に帰って親にそれを伝えると、「そんな人と話さないの」と注意された。でも、また見かけた時には、こっちから話しかけた。子どもの頃は、どんな種類の大人がどんな事情で生きているのかなんて知らないから、対面した時の感触で距離感を決めていた。そのおっちゃんは、こちらに伝えることなく、いなくなってしまった。残念だな、と思ったものの、心の底から残念に思ったかといえばそんなことはない。今になって思えば、病気になったのかもしれないし、どうしても引っ越さなければいけない事情ができたのかもしれない。いなくなった先を、想像しなかった。

今から15年ほど前、ある島に行った。その島から東京に出てきた友人の実家を訪ねたのだ。当時、「友達の実家に遊びに行って、親に『○○は東京で頑張ってますよ！』と伝える」という悪趣味なことを繰り返していて、フェリーに3時間ほど揺られて島へ向かった。着くやいなや大宴会が始まり、その手の宴《うたげ》が苦手な自分は早く終わらないかなと思っていたのだが、気づけばどんどん人が増えていく。宴が開かれていることを嗅《か》ぎつけた人が方々からやって来ていたのだ。友達に「で、あの人は誰？」と聞くと、「うーん、何やってるかよくわからない人」と返ってきた。その響きが懐かしくも新鮮に響いた。そういえば、東京で暮らしていると、「何やってるかよくわからない人」と接しなくなったな、と思ったのだった。

『おいしい家族』を読みながらその時のことを思い出したのは、ただただ舞台が島だからなのかもしれないが、久しぶりにスイッチを入れたかのように記憶が鮮明に呼び覚まされた。夜遅くになって「何やってるかよくわからない人」がようやくいなくなり、もろもろの片付けを終えた後、友達がぼそっと、自分がここを出て東京に行ったのは、島での暮らしが閉塞的だったからだと話し始めた。いわゆるスタンダードな「家族」を作ることが求められるし、作れないとあれこれ噂《うわさ》されるし、家族を作ったところでどうも品定めされる感覚がある。それがどうしても嫌だったのだ、と。形として現れるわけではない圧を、外野が知ることはできない。そもそも人と比べることなんてできないし、同じ場所に暮らしていたって感じ方が違うのだろう。自分からは「何やってるかよくわからない人」に見えた人が、実はあちこちで噂をバラまく、悪しき風紀委員のような役割を担っている人だと知らされた。

家族って一体なんなのだろう。家族のことなのに、家族以外の人たちが査定してきて、それをグッと堪《こら》えるのが家族ってものなのだろうか。そう思って面倒になることもある。みんな人生は1回目だというのに（まれに2回目だと主張する人もいるけど）、自分はこうだったから、あなたたちもこのようにすべきとアドバイスしてくる人がいる。それを素直に聞く人、とりあえず頷《うなず》いてみる人、完全に無視する人などに分かれるが、いずれにせよ、他人の目が入り込むこと自体は避けられない。めんどくせーな、とよく思っている。

母の三回忌で島に帰省した橙花の目に入ったのは、母のワンピースを着ている父。そこにやって来た「作業着を着たヒゲ面の小柄な中年男」と「やたら脚が長く桃色の膝をした女子高生」。この二人に養子に入ってもらうのだという。

「家族って、こんなにも簡単に作っていいものなのだろうか」

「おままごとみたいに『お母さん役』『お父さん役』なんて、役を割り振って家族が出来上がるなんて、聞いたことがない」

「さっきからどういうこと？　てか言っていい？　家族って何!?　その人、奥さんも子供もいるんじゃないの!?」

家族の枠組みが想定外のところに膨らんでいく様子に、誰よりも橙花が動揺してしまう。高校生の瀧くんとの会話が印象に残る。瀧くんは、橙花の父の格好を受け入れられずにいる。

「俺は少数派だから生きづらいよ」

「だよね」

「瀧くん、ここ好き？」

「…………」

「私、ここはあんまり好きじゃなかったなあ。海は広いとか言うけど狭いじゃん？　って」

「……お前なんかどこへも行けねえよって言われてるみたいで、むかつく」

「あー、それそれ！」

常識やルールに縛り付けられたくはないのに、でも体の中にしっかりとそれらが根付いていると知ってしまう時、自分はどうにも暗い気持ちになってしまう。カラッと爽やかにそれを解消している人を見ると、嫉妬の感情も生まれてくる。

で、家族ってなんだろうか、という問いかけには、いつまでも答えが出ない。出ないまま死んでいくのだろうなとも思う。でも、なぜ答えが出ないかといえば、家族というのは固形物ではなく流動的なものだからだ。どんどん形を変えていく。固まったと信じ込みすぎたら、それはそれで危ない。平気で溶けていく。削れていく。沈下していく。のらりくらりと乗りこなしていくしかない。楽しめる時と楽しめない時がある。その反復だ。

家族になる、って、何が「なる」んだろう。今、一緒に暮らしている妻とは家族になったわけだが、「なる」と信じ込んでいるだけなのか。婚姻届を出せば家族になる。では、出さないとなれないのだろうか。事実婚という状態がある。事実上は結婚しているような状態、とのことだが、この事実を固めるのは誰なのだろう。あるいは、崩そうとするのは誰なのだろう。そんなことをよく考える。

この小説を読みながら、自分と家族とそれ以外という、網目が粗い状態で社会を眺めていた子どもの頃を思い出した。通学路には「何やってるかよくわからない人」がいた。その人を詮索するようなことはしなかった。その人が、そこで何らかのことをしている、それだけでよかった。特に求めなかった。性別、年齢、国籍などの属性を一瞬でキャッチして、頭の中で仕分けするような人間にはなりたくなかったのだが、すっかりそんな人間になっている。そうならないように戻そうとしている。これから戻せるんだろうか。

ここまで何とか生きてきた記憶と共に読みたくなる小説である。ここに広がっている光景と近い光景を見たことがあるし、あなたも見たことがあると思う。それは具体的な光景ではなく、心象風景のようなもの。「あー」とか「うー」とか言いながら読み、「ほぅ」と思う。具体性に欠ける感想だが、おそらく読み終わったあなたも同じような感じなんじゃないかと思う。家族をめぐる心の揺れ動きを巧みにキャッチしているが、それを解説する側にまだまだ言葉が足りない。あーそれそれ、って感じが続く。家族ってなんなのだろうか。

（たけだ・さてつ　ライター）

本書は、二〇一九年九月、集英社より刊行されました。
文庫化にあたり、『えん』〈第四十回すばる文学賞佳作〉を加えました。

初出
『おいしい家族』「すばる」二〇一九年八月号
『えん』「すばる」二〇一六年十一月号

集英社文庫　目録（日本文学）

集英社文庫　目録（日本文学）

集英社文庫 目録（日本文学）

前川奈緒／深谷かほる・原作　ハガネの女
槇村さとる　イマジン・ノート
槇村さとる／キム・ミョンガン　あなた、今、幸せ？
槇村さとる　ふたり歩きの設計図
万城目学　ザ・万遊記
万城目学　偉大なる、しゅららぼん
増島拓哉　闇夜の底で踊れ
益田ミリ　言えないコトバ
益田ミリ　夜空の下で
益田ミリ　泣き虫チエ子さん 愛情編
益田ミリ　泣き虫チエ子さん 旅情編
益田ミリ　かわいい見聞録
枡野浩一　ショートソング
枡野浩一　石川くん
枡野浩一　淋しいのはお前だけじゃな
枡野浩一　僕は運動おんち

増山実　波の上のキネマ
又吉直樹／堀本裕樹　芸人と俳人
町屋良平　坂下あたると、しじょうの宇宙
町山智浩　アメリカは今日もステロイドを打つ USAスポーツ狂騒曲
町山智浩　トラウマ映画館
町山智浩　トラウマ恋愛映画入門
町山智浩　最も危険なアメリカ映画
松井今朝子　非道、行ずべからず
松井今朝子　家、家にあらず
松井今朝子　道絶えずば、また
松井今朝子　壺中の回廊
松井今朝子　師父の遺言
松井今朝子　芙蓉の干城
松井玲奈　カモフラージュ
松浦晋也　母さん、ごめん。 50代独身男の介護奮闘記
松浦弥太郎　本業失格

松浦弥太郎　くちぶえサンドイッチ 松浦弥太郎随筆集
松浦弥太郎　最低で最高の本屋
松浦弥太郎　場所はいつも旅先だった
松浦弥太郎　いつもの毎日。 衣食住と仕事
松浦弥太郎　日々の100
松浦弥太郎　松浦弥太郎の新しいお金術
松浦弥太郎　続・日々の100
松浦弥太郎　おいしいおにぎりが作れるならば。 「暮しの手帖」での日々を綴ったエッセイ集
松浦弥太郎　「自分らしさ」はいらない くらしと仕事、成功のレッスン
松岡修造　テニスの王子様勝利学
松岡修造　教えて、修造先生！ 心が軽くなる87のことば
フレディ松川　老後の大盲点
フレディ松川　ここまでわかった ボケる人ボケない人
フレディ松川　好きなものを食べて長生きできる 長寿の新栄養学
フレディ松川　60歳でボケる人 80歳でボケない人
フレディ松川　はっきり見えたボケの入口 ボケの出口

集英社文庫　目録（日本文学）

フレディ松川　わが子の才能を伸ばす親 つぶす親
フレディ松川　不安を晴らす3つの処方箋 認知症外来の午後
松樹剛史　ジョッキー
松樹剛史　スポーツドクター
松樹剛史　GO-ONE
松樹剛史　エアエイジ
松澤くれは　りさ子のガチ恋♡俳優沼
松澤くれは　鷗外パイセン非リア文豪記
松田志乃ぶ　嘘つきは姫君のはじまり
松永多佳倫　沖縄を変えた男 栽弘義——高校野球に捧げた生涯
松永多佳倫　偏差値70からの甲子園 僕たちは野球も学業も頂点を目指す
松永多佳倫　偏差値70の甲子園 僕たちは文武両道で東大も目指す
松永多佳倫　まかちょーけ 興南 甲子園春夏連覇のその後
松永天馬　少女か小説か
松本侑子　花の寝床
モンゴメリ 松本侑子・訳　赤毛のアン
モンゴメリ 松本侑子・訳　アンの青春
モンゴメリ 松本侑子・訳　アンの愛情
丸谷才一　星のあひびき
丸谷才一　別れの挨拶
麻耶雄嵩　メルカトルと美袋《みなぎ》のための殺人
麻耶雄嵩　貴族探偵
麻耶雄嵩　あいにくの雨で
麻耶雄嵩　貴族探偵対女探偵
眉村卓　僕と妻の1778話
まんしゅうきつこ　まんしゅう家の憂鬱
三浦綾子　裁きの家
三浦綾子　残像
三浦綾子　石の森
三浦綾子　ちいろば先生物語(上)(下)
三浦綾子　明日のあなたへ 愛するとは許すこと
みうらじゅん　とんまつりJAPAN 日本全国とんまな祭りガイド
みうらじゅん 宮藤官九郎　どうして人はキスをしたくなるんだろう?
みうらじゅん 宮藤官九郎　みうらじゅんと宮藤官九郎の世界全体会議
三浦しをん　光
三浦英之　五色の虹 満州建国大学卒業生たちの戦後
三浦英之　南三陸日記
三浦英之　水が消えた大河で ルポJR東日本・信濃川不正取水事件
三浦英之　帰れない村 福島県浪江町「DASH村」の10年
三木卓　柴笛と地図
三崎亜記　となり町戦争
三崎亜記　バスジャック
三崎亜記　失われた町
三崎亜記　鼓笛隊の襲来
三崎亜記　廃墟建築士
三崎亜記　逆回りのお散歩
三崎亜記　手のひらの幻獣
三崎亜記　名もなき本棚

集英社文庫 目録（日本文学）

宮本輝 焚火の終わり(上)(下)
宮本輝 海岸列車(上)(下)
宮本輝 水のかたち(上)(下)
宮本輝 いのちの姿 完全版
宮本輝 田園発 港行き自転車(上)(下)
宮本輝 草花たちの静かな誓い
宮本輝 ひとたびはポプラに臥《ふ》す 1〜3
宮本昌孝 藩校早春賦
宮本昌孝 夏雲あがれ(上)(下)
宮本昌孝 みならい忍法帖 入門篇
宮本昌孝 みならい忍法帖 応用篇
深志美由紀 怖い話を集めたら 連鎖怪談
三好昌子 朱花の恋 易学者・新井白蛾奇譚
三好徹 興亡三国志一〜五
三好徹 戦士の賦 土方歳三の生と死(上)(下)
美輪明宏 乙女の教室

武者小路実篤 友情・初恋
村上通哉 うつくしい人 東山魁夷
村上龍 テニスボーイの憂鬱(上)(下)
村上龍 ニューヨーク・シティ・マラソン
村上龍 ラッフルズホテル
村上龍 すべての男は消耗品である
村上龍 龍言飛語
村上龍 エクスタシー
村上龍 昭和歌謡大全集
村上龍 KYOKO
村上龍 はじめての夜 二度目の夜 最後の夜
村上龍 メランコリア
村上龍 中田英寿 文体とパスの精度
村上龍 タナトス
村上龍 2days 4girls
村上龍 69 sixty nine

村田沙耶香 ハコブネ
村山由佳 天使の卵 エンジェルス・エッグ
村山由佳 もう一度デジャ・ヴ
村山由佳 野生の風
村山由佳 きみのためにできること
村山由佳 キスまでの距離 おいしいコーヒーのいれ方Ⅰ
村山由佳 青のフェルマータ
村山由佳 僕らの夏 おいしいコーヒーのいれ方Ⅱ
村山由佳 彼女の朝 おいしいコーヒーのいれ方Ⅲ
村山由佳 翼 cry for the moon
村山由佳 雪の降る音 おいしいコーヒーのいれ方Ⅳ
村山由佳 緑の午後 おいしいコーヒーのいれ方Ⅴ
村山由佳 遠い背中 おいしいコーヒーのいれ方Ⅵ
村山由佳 夜明けまで1《ワン》マイル somebody loves you
村山由佳 坂の途中 おいしいコーヒーのいれ方Ⅶ
村山由佳 優しい秘密 おいしいコーヒーのいれ方Ⅷ

集英社文庫

おいしい家族《かぞく》

2023年3月25日　第1刷　　定価はカバーに表示してあります。

著　者　ふくだももこ

発行者　樋口尚也

発行所　株式会社 集英社

東京都千代田区一ツ橋2-5-10　〒101-8050

電話　【編集部】03-3230-6095

【読者係】03-3230-6080

【販売部】03-3230-6393(書店専用)

印　刷　大日本印刷株式会社

製　本　大日本印刷株式会社

フォーマットデザイン　アリヤマデザインストア　　マークデザイン　居山浩二

ISBN978-4-08-744504-6 C0193